Destinos cruzados

Clara Ann Simons

Destinos cruzados

Clara Ann Simons

Copyright © 2023 por Clara Ann Simons.

Todos los Derechos Reservados.

Registrada el 21 de mayo de 2023 con el número **2305214376421**

Todos los derechos reservados. Ninguna sección de este material puede ser reproducida en ninguna forma ni por ningún medio sin la autorización expresa de su autora. Esto incluye, pero no se limita a reimpresiones, extractos, fotocopias, grabación, o cualquier otro medio de reproducción, incluidos medios electrónicos.

Todos los personajes, situaciones entre ellos y sucesos aparecidos en el libro son totalmente ficticios. Cualquier parecido con personas, vivas o muertas o sucesos es pura coincidencia.

La obra describe algunas escenas de sexo explícito por lo que podría no ser apta para menores de 18 años o la edad legal del país del lector, o bien si las leyes de su país no lo permiten.

Para más información, o si quieres saber sobre nuevas publicaciones, por favor contactar vía correo electrónico en claraannsimons@gmail.com

Twitter: @claraannsimons1

Índice

CAPÍTULO 1   **6**

CAPÍTULO 2   **16**

CAPÍTULO 3   **29**

CAPÍTULO 4   **36**

CAPÍTULO 5   **54**

CAPÍTULO 6   **64**

CAPÍTULO 7   **72**

CAPÍTULO 8   **83**

CAPÍTULO 9   **92**

CAPÍTULO 10   **96**

CAPÍTULO 11   **102**

CAPÍTULO 12   **114**

CAPÍTULO 13 .... **124**

CAPÍTULO 14 .... **134**

CAPÍTULO 15 .... **140**

CAPÍTULO 16 .... **149**

CAPÍTULO 17 .... **156**

CAPÍTULO 18 .... **162**

CAPÍTULO 19 .... **168**

CAPÍTULO 20 .... **173**

CAPÍTULO 21 .... **178**

CAPÍTULO 22 .... **184**

CAPÍTULO 23 .... **190**

CAPÍTULO 24 .... **199**

CAPÍTULO 25   **207**

EPÍLOGO   **216**

OTROS LIBROS DE LA AUTORA   **220**

Capítulo 1

Sarah

Abro los ojos de par en par, sin poder creer lo que estoy leyendo. Una y otra vez, mi mirada se pasea por el tweet de la corresponsal financiera de la CNBC y los comentarios que le acompañan. Para asegurarme, cojo los auriculares y los conecto a la torre del ordenador.

—¿Qué premio me han dado? —pregunta la mujer de la pantalla, su voz, ligeramente ronca, raspa mis oídos como si estuviese en la misma sala.

—Mención honorífica —responde el moderador de la mesa redonda y ella aprieta los dientes en señal de desaprobación. El sonido me recuerda al de un lápiz que rasga el papel

—¿Mención honorífica? —repite la mujer poniendo los ojos en blanco —pues vale, lo que sea —añade, meneando la cabeza como si fuese una desgracia.

Los ejecutivos que se sientan junto a ella en la mesa redonda se miran nerviosos. Uno de ellos se encoge de hombros, sin comprender el motivo de su enfado, cuando el moderador toma la palabra. Es una suerte que le hayan dado la noticia en directo. Se lo han comunicado en medio de una conferencia sobre tecnología, en la que Hailey Parker participa. Para los periodistas, cosas así nos dan mucho juego.

—Hailey, la mayor parte de la gente estaría encantada simplemente con aparecer en una lista que reconoce a las personas jóvenes más influyentes del sector tecnológico. Pareces no estar contenta —agrega y se le queda mirando con una sonrisa algo falsa. Aun así, hace bien su trabajo, tirando de la lengua a esa zorra.

—La forma en la que afronto los negocios es igual a como lo hago con todo en mi vida. Pongo toda mi energía, sin excepciones. Sería inaceptable no hacerlo. Siempre doy lo mejor de mí misma. En la universidad, eso significaba la mejor nota media. En el deporte, estar a punto de llegar a unos Juegos Olímpicos y en mi trabajo quiero ser siempre la mejor. Soy intensa en todos los ámbitos de la vida —expone, mirando a la cámara con unos ojos imposiblemente azules. Algunas personas juran que jamás parpadea, y empiezo a creer que es verdad.

Le ha quedado muy creíble. Posiblemente, lo tuviese ensayado, pero debo reconocer que convence. Esa mujer sabe bien lo que hace, todo en ella parece estar bien calculado.

El clip de vídeo se acaba en ese instante y no puedo evitar recorrer las respuestas del tweet. Como de costumbre, todo es blanco o negro. Muchos la alaban por su intensidad y pasión, otros la consideran arrogante y prepotente. Supongo que yo me identifico más con los segundos, me siento incómoda con su actitud de mujer alfa, aunque para ser honesta, no me importaría perderme en esos ojitos azules.

El moderador tiene razón, simplemente aparecer en una de esas listas de las personas más influyentes de su ámbito es un gran logro. Que ella lo menosprecie es como si nos estuviese menospreciando a todos los demás.

Una usuaria de Twitter responde que si esas palabras las hubiese pronunciado un hombre, nadie le llamaría arrogante, sino que estarían alabando su gran motivación. Otra dice que alguien que se esfuerza tanto por alcanzar la excelencia en todo lo que hace, es normal que no se conforme con una mención honorífica; aspira al primer puesto de la lista. Parece que Hailey Parker tiene más tirón con las mujeres, cosa que no me extraña.

Y lo cierto es que las cifras de Apurva Innovation Labs, su empresa de tecnología, demuestran que está alcanzando esa excelencia. En un año que está siendo una mierda para su sector, en el que las empresas se han visto envueltas en despidos, sus ventas y beneficios crecen como la espuma. De algún modo, esa mujer se las arregla para dirigir una de las pocas empresas tecnológicas que experimentan un rápido crecimiento a pesar de las turbulencias económicas de los últimos dos años.

Eso es lo que ha colocado a Apurva en el punto de mira de varios gigantes tecnológicos pensando en una posible adquisición. Aun así, Hailey Parker siempre se ha negado a escuchar ofertas y su consejo de administración parece apoyarla a muerte.

Pero no todo es un camino de rosas. Pincho en otra pestaña y encuentro un artículo de una conocida periodista. Habla sobre una mujer asesinada por su expareja… utilizando una de las tecnologías desarrolladas por Apurva Innovation Labs. En el artículo hay otro vídeo con el corte de una entrevista a Parker.

—Me encantaría cortarle los huevos a ese hombre con un cuchillo —le dice a la reportera delante de su mansión en el Upper East Side de Nueva York. Todo sin perder la sonrisa.

Meneo la cabeza, me parece una violación de la intimidad por parte de la periodista perseguir así a su objetivo. No puedes asaltar a una persona delante de su propia casa para sacarle un comentario, pero ¿qué sabré yo? Esa periodista tan solo tiene un par de años más y consigue exclusivas con personas de renombre. Puede que, aunque no me parezca ético, sea la manera correcta de actuar si quieres forjarte un nombre en este mundo. No seré yo quien juzgue en qué condiciones consigue sus primicias.

—Con un cuchillo de los de untar mantequilla, que no corte mucho, así le dolerá más —añade Hailey Parker a su frase anterior, asegurando el éxito de visitas para la entrevistadora.

Joder, se lo ha puesto en bandeja.

No puedo evitar que se me escape una carcajada ante la respuesta de Hailey. Y cuando levanto la vista de la pantalla del ordenador, me percato de que George, mi redactor jefe, me mira con cara de pocos amigos.

—¿Por qué estás viendo vídeos graciosos en vez de trabajar? —pregunta alzando una ceja.

Mierda. Aprieto los labios y agacho la cabeza como si fuese una tortuga que se mete en su caparazón mientras busco una excusa.

—Me documento para una historia que te quiero proponer —suelto, intentando mantener la compostura.

He respondido lo primero que se me ocurrió, pero ahora voy a tener que leerme el artículo entero, cosa que no tenía ninguna intención de hacer.

—Es una respuesta un tanto violenta, ¿no? —inquiere la periodista, seguramente tratando de provocar a Hailey Parker para que le dé algún titular.

—Más violento es matar de un disparo a tu expareja solo porque no quiere aguantar más tu mierda tóxica —responde Hailey sin pestañear—. Y ya que me preguntas, ¿por qué no hablamos de cómo pudo comprar ese hombre un arma? Supongo que ya has hecho tu trabajo y entrevistado al que le vendió esa pistola, ¿verdad? Porque te recuerdo que fue la pistola la que mató a esa pobre chica y no la app de mi empresa.

La periodista se queda momentáneamente sin palabras, momento que Hailey aprovecha para dirigirse a una limusina negra que la espera en la acera. Desviar la atención hacia el control de armas ha sido una jugada maestra por su parte. Ha conseguido cortar la emboscada periodística que le habían tendido. Me pregunto si lo piensa de verdad, o ha sido tan solo una treta para evitar mantener el foco en su tecnología.

Los comentarios sobre el vídeo y el artículo son algo deprimentes, pero nada sorprendentes. Un montón de payasos centrándose en que Hailey ha respondido con violencia a la noticia de un hombre que ha cometido un acto de mayor violencia matando a su expareja.

Una parte intenta utilizar su respuesta como ejemplo de lo locas que están algunas mujeres. Atacan a los que la defienden, alegando que se centran en que es una mujer de éxito en vez de fijarse en los posibles problemas éticos de su empresa.

Es como si la gente no pudiese alegrarse del éxito conseguido por una mujer en el campo de la tecnología y al mismo tiempo criticar las prácticas de su empresa. Incluso de ese sector empresarial en su conjunto. Como si ambas cosas no pudiesen coexistir. Siempre es blanco o negro con Hailey Parker, ¿quién necesita matices de gris?

Mires donde mires, todos los comentarios se dividen en dos bandos enfrentados. Aquellos que la defienden ciegamente por ser una mujer que ha roto el techo de cristal en la tecnología, tradicionalmente dominada por los hombres, y los que se cagan en toda su familia por... bueno, básicamente por el mismo motivo.

Luego están los imbéciles que lo llevan al plano personal, los que afirman que se centra tanto en su carrera porque a sus 35 años es incapaz de encontrar un hombre que quiera estar con ella. Joder, hay que ser gilipollas para decir eso. Menudo pibón es la Hailey Parker, yo tengo 25 y dejaría ahora mismo que me haga lo que ella quiera.

Otro idiota saca de contexto su frase de que le cortaría los huevos al asesino con un cuchillo diciendo que odia a los hombres. Un tercer tonto afirma que esa violencia verbal es lo que pasa cuando una mujer no prioriza el matrimonio y la familia sobre la carrera profesional. Lo que me faltaba.

Madre mía, es coger cualquier artículo sobre esta mujer y entrar en depresión leyendo los comentarios. Todo alrededor de ella es una dicotomía de blanco y negro. Y me frustra, porque ninguno de los periodistas se ha centrado en lo verdaderamente importante. Nadie profundiza ni en su personalidad, ni en las prácticas de su empresa.

Cierro el navegador y suspiro. ¿Quién soy yo para criticar a esos periodistas? Llevo tres años de becaria en este periódico y todavía no he firmado ni un solo artículo con mi nombre. He aprendido muchas cosas; a investigar, contrastar datos, proponer historias, buscar imágenes y otros documentos… pero escribir artículos y firmarlos con mi nombre… ni uno solo. Parezco la chica de los recados de los hombres de la oficina.

—Sarah, ¡a mi despacho! —chilla mi redactor jefe, haciendo un gesto para que vaya cuanto antes. Mierda. Joder.

—Dime, George —mascullo al entrar, como si fuese una ternera a la que llevan al matadero.

—Supongo que ya tienes toda la documentación para proponer esa historia que quieres escribir.

Lo suelta mirándome por encima de las gafas, como si en realidad quisiera decirme… "sabes que vamos a despedir a una parte de la plantilla y tienes todas las papeletas para ser una de ellos".

—Quiero escribir sobre Hailey Parker y su empresa —espeto de golpe y sin pensar lo que digo… vaya lío en el que me acabo de meter.

—Olvídalo.

—Por favor, George. Es un tema candente con lo del asesinato de esa mujer a manos de su expareja. Creo que puedo encontrar un enfoque diferente. Será un éxito.

—Tienes una semana, Davis. Ni un solo día más. Y más te vale que funcione —replica mi redactor jefe poniendo los ojos en blanco, como si estuviese seguro de que la voy a cagar y tendrá un motivo válido para despedirme.

Lo cierto es que podía haber elegido algo más sencillo. El primer problema será simplemente acercarse a Hailey Parker. Debí pensarlo mejor, pero algo tiene esa mujer que no me permite pensar con claridad.

Capítulo 2

Hailey

Coloco el dedo sobre el lector de la puerta, que se abre en cuanto el color cambia de rojo a verde y me dirijo a mi despacho en la cuarta planta.

Llego casi una hora tarde, algo inusual en mí. Siempre suelo ser la primera en llegar, pero es que la noche con Olga ha sido sencillamente espectacular.

Cuando la puerta del ascensor se abre con un suave timbre, camino por el pasillo hasta las puertas de cristal que dan acceso a mi despacho. Al llegar, mis tacones repiquetean contra el suelo de madera pulida, llamando la atención de mi asistente personal, que levanta la vista del ordenador dirigiéndose hacia mí.

—Hailey, hay una mujer en el vestíbulo que dice que quiere hablar contigo. Es periodista —añade, alzando las cejas como diciendo "mucho cuidado".

—Que se marche. No pienso recibirla, estoy muy ocupada esta mañana —me apresuro a responder—. Que no la dejen entrar bajo ningún concepto y si se acerca a alguien de la empresa que no le dirija la palabra.

Karen sabe perfectamente que odio a la prensa tanto como ella. A mí me viene desde hace años. Jacob Harmon, mi mentor, me lo ha repetido tantas veces desde que salí de la universidad que lo tengo grabado a fuego. Nunca he llegado a saber por qué Karen les odia tanto.

Me dejo caer en la silla de mi despacho. Odio que me llamen para entrevistas, siempre quieren hurgar en mi vida privada. Pero es que ahora hasta se presentan sin avisar. Hace una semana una periodista apareció delante de mi casa, y hoy otra llega a la empresa sin cita previa, como si yo no tuviese mejores cosas que hacer. Casi echo de menos los tiempos en los que la empresa estaba empezando y nadie se preocupaba de nosotros.

Imaginaba que la prensa económica seguiría el éxito de Apurva, pero ¿por qué me persigue la prensa sensacionalista? ¿Tan solo por ser una mujer de éxito a la que le cuesta callarse la boca o sonreír?

Empiezo a estar cansada de que el nivel de exigencia y escrutinio sea más alto para mí por ser una mujer joven. Cada palabra que digo parece ser desmenuzada y analizada con el único objetivo de criticarme. Menos mal que el departamento de relaciones públicas no me deja comentar nada por Twitter, porque a veces me gustaría despacharme a gusto con algunos de los comentarios que leo.

—Le han pillado —anuncia Karen—me acaban de llamar de la policía.

—¿Qué?

—Al asesino de esa pobre chica, te he pasado el enlace.

"Theo Peterson detenido como presunto asesino de Lea Baillie"

Me rechinan los dientes mientras aprieto instintivamente la mandíbula con fuerza y coloco la pantalla del móvil hacia abajo para no tener distracciones. No pienso soportar esta carga. No es mi culpa. La gente puede utilizar cualquier objeto para hacer daño a otras personas y eso incluye a la tecnología. No soy responsable de las acciones de un loco imbécil. He trabajado muy duro para llegar hasta aquí. Mi equipo de programadores se ha partido el culo para que nuestro producto sea el mejor. No voy a permitir que esto interfiera en nuestro progreso.

Doy un fuerte manotazo de frustración sobre la mesa con el que solo consigo hacerme daño, mientras redacto el correo electrónico que recibirá cada empleado. Hace un par de años que hemos reducido las reuniones al mínimo necesario a favor del correo electrónico. Se pierde menos tiempo y se gana productividad. Además, ¿a quién le gustan las reuniones?

Redacto el texto de manera mucho más educada de lo que me gustaría, pero transmite la idea. Lo enviaré también a los accionistas y a la prensa. Debo tranquilizarles y evitar que los medios de comunicación nos sigan echando mierda por ese asesinato como si hubiese sido culpa nuestra.

—Karen, voy a comer algo rápido en el café de la esquina —anuncio.

Normalmente, pido un Uber EATS para que me traiga la comida al despacho, así no pierdo el tiempo. Hoy necesito salir de aquí. Empiezo a agobiarme. Cada vez que levanto la vista, observo a través de las puertas de cristal a varios empleados mirando hacia mi despacho o cuchicheando. Puede que sea tan solo una paranoia, pero creo que lo del asesinato nos está afectando a todos.

Los primeros rayos de sol de la primavera acarician mi rostro al salir del edificio, llevándose con ellos el fuerte viento del invierno en Nueva York y por algún motivo que desconozco, pienso en Olga. Recuerdo su piel tostada mientras hacíamos el amor toda la noche.

Empiezo a estar acostumbrada a este tipo de relación, el ligue casual de una noche con el que me acuesto para no volver a verla nunca más. Ambas obtenemos lo que queremos de la experiencia, una noche de placer y diversión antes de seguir adelante con nuestras vidas. Sin complicaciones, sin ataduras.

Aun así, últimamente, cada vez que observo por la calle a una pareja caminando de la mano o besándose, empiezo a sentir un poco de envidia. Debe ser algo bonito tener a otra persona con la que compartir tu vida, tus fracasos y tus triunfos, tus ilusiones.

Nah, demasiado complicado. Estoy mejor así.

Hago cola para pedir la comida, resistiendo a la tentación de sacar el teléfono móvil para comprobar las noticias. Necesito un poco de paz y tranquilidad.

—Tienes pinta de venir bastante por aquí —indica una voz de mujer a mi espalda—. ¿Podrías recomendarme algo?

Me doy la vuelta con curiosidad para encontrarme con una chica preciosa. Sus grandes ojos color avellana me miran fijamente mientras sonríe. ¡Y qué sonrisa! Podría iluminar todo el café si nos quedamos sin luz. Por un momento, me quedo sin palabras. Quizá es que últimamente apenas recibo una sonrisa tan cálida como la suya, o puede que se deba a la manera en que su blusa se ajusta a unos pechos perfectos.

—A mí me encanta el sándwich de pastrami en pan de centeno al estilo de Nueva York, es su especialidad —le explico con mi mejor sonrisa.

—Suena muy bien, tendré que hacerte caso y probarlo.

En ese momento, me percato de que la persona que tengo justo delante termina de pagar su consumición, y me acerco al mostrador.

—¿Un sándwich de pastrami en pan de centeno y una Coca cola? —pregunta la camarera que ya está acostumbrada a que siempre pida lo mismo.

—Que sean dos —exclama la chica del pelo rizoso con la que acabo de hablar.

La camarera duda un instante, seguramente esperando a que le monte un pollo a la mujer. En vista de que asiento lentamente con la cabeza y sonrío, decide servir los sándwiches y las Coca colas. Eso ha sido atrevido por su parte, debo reconocerlo.

—Hay muy pocas mesas libres, ¿te importa si me siento contigo? —propone la desconocida, y ahora sí que me deja sin palabras.

Nos sentamos frente a frente y me vuelve a dedicar una sonrisa preciosa. No es que no esté acostumbrada a que intenten ligar conmigo, pero en esta cafetería jamás me había ocurrido.

—Nunca te había visto por aquí, ¿sueles trabajar en esta zona? —inquiero, más para romper el hielo que porque me interese lo más mínimo.

—Se podría decir que soy nueva en esta zona de la ciudad, aunque llevo viviendo en Nueva York seis años. Terminé aquí la carrera y me puse a trabajar —responde con un suave acento sureño.

—¿De dónde eres?

—Alabama —admite con una mueca, como si no quisiese que se notase su acento.

—Yo soy de Kentucky, somos de estados casi vecinos.

—No suenas muy sureña que digamos —se sorprende alzando las cejas.

—Llevo quince años en Nueva York —explico.

—¿Qué te trajo por la Gran Manzana?

Se acaba de inclinar hacia mí mientras hace la pregunta y su mano se ha quedado a milímetros de la mía. Creo que no ha sido mala idea lo de venir a comer a este café.

Empiezo a sospechar que esa blusa debería llevar abrochado un botón más.

—He venido por trabajo. El ecosistema de startups está muy bien desarrollado y es fácil conseguir inversores y tratar con los bancos de inversión. Hay también mucho talento en el área de la tecnología. La gente suele pensar en Silicon Valley, pero Nueva York no se queda a la zaga.

De pronto, sacudo la cabeza, estoy hablando como si esta mujer supiese a lo que me dedico.

—Perdona, tengo una empresa de tecnología —le explico.

Asiente lentamente con la cabeza y de pronto, mi corazón se salta varios latidos. ¿Me acaba de acariciar con el pie por debajo de la mesa o ha sido algo fortuito?

—Perdón —se disculpa, pero creo que solo ha sido una disculpa a medias.

Tiene que estar ligando, definitivamente está intentando ligar conmigo. Me froto el cuello meditando si debo lanzarme al ataque o no. No me vendría nada mal un buen polvo esta noche.

—¿Sabes si tienen desfibrilador en este café? —pregunto intentando poner una pose interesante.

—¿Qué?

—Es que se me acaba de acelerar el corazón.

—¡Joder! —suspira poniendo los ojos en blanco —. ¿En serio te funcionan esa mierda de frases a la hora de ligar?

—No me puedo quejar —respondo sorprendida, encogiéndome de hombros.

—Mira, estoy segura de que ligas mucho, pero se debe a dos factores. Uno, estás muy buena. Dos, tienes mucho dinero. Ese tipo de frases es mejor que no las uses.

Mierda, esto no me ha gustado nada.

—Espera un momento. ¿Por qué supones que tengo mucho dinero? ¿Solamente por la ropa? —pregunto confusa.

—No, lo sé porque eres Hailey Parker, la CEO de Apurva Innovation Lab —responde sin inmutarse lo más mínimo. Joder con la niñata.

—¿A qué te dedicas?

Me observa divertida y le da un mordisco a su sándwich emitiendo un pequeño gemido que en condiciones normales habría conseguido que mis piernas temblasen, aunque ahora mismo estoy bastante cabreada.

—Tenías razón, el sándwich está buenísimo —admite, cerrando los ojos para saborear el bocado.

—No me has contestado.

—Soy periodista.

—¡Joder! —casi me atraganto con la Coca cola al escuchar sus palabras —. ¿Eres la periodista que ha estado esta mañana en mi empresa?

—Esa misma —responde tranquila.

Normalmente, tiendo a intimidar a la gente por mi manera de ser, pero con esta mujer ocurre lo contrario. Arruga la nariz en una mueca de disculpa que, de nuevo, en condiciones normales me hubiese derretido.

—Puede que te haya seguido hasta aquí desde tu empresa —confiesa.

Me echo hacia atrás, empujando la silla, preparada para ponerme en pie y largarme de este café cuanto antes.

—Mira, lo siento mucho —exclama de pronto.

—¿Qué es lo que sientes? ¿Haberme acosado? ¿Ocultarme deliberadamente tu identidad?

—No seas dramática —se queja.

—¿Dramática? Estoy a punto de llamar a la policía.

—¿Has preparado alguna frase cursi también para ellos? —bromea—. Si te sirve de algo, no pretendía seguirte. Estaba esperando para ver si alguien me dejaba entrar y de pronto te vi salir del edificio. Vine hasta aquí para conocerte y pedirte una entrevista. Ya ves que no he tratado de bombardearte con preguntas ni nada de eso. Ese no es mi estilo. Lo mío es un enfoque más suave, por decirlo de algún modo.

—¿Cómo, por ejemplo, hacerme creer que estás interesada en mí?

—Estoy interesada en ti.

—Ya sabes a qué me refiero —protesto—. No te hagas la lista conmigo.

Al escuchar mis palabras, sacude la cabeza y cierra los ojos. Cuando vuelve a abrirlos clava su mirada en la mía.

—Es la primera vez que entrevisto a alguien para un artículo.

—Pero si me acabas de decir que llevas seis años viviendo en Nueva York y empezaste a trabajar después de terminar la carrera. No puedes ser tan joven.

—¿Qué edad supones que tengo? —pregunta ofendida.

—Bueno, eso da igual. Tampoco me importa el motivo por el que nunca has hecho una entrevista —espeto, buscando la manera de salir del café cuanto antes.

—Tengo algunos años de experiencia como periodista y he hecho casi de todo menos firmar mis propios artículos—explica—. Por cierto, tengo 25 años.

—No te he preguntado.

—Bueno, ahora ya lo sabes. Y dado que has conseguido averiguar más cosas sobre mí que yo sobre ti, te puedes hacer una idea de por qué no me han dejado todavía entrevistar a nadie. Supongo que no soy demasiado buena haciendo entrevistas —añade encogiéndose de hombros.

Aprovecho para levantarme de la mesa. Normalmente, pensaría que su autocrítica es tan solo una estratagema, un truco para desarmarme y ablandarme de algún modo. Aun así, la manera en que se le borra la sonrisa cuando termina de hablar me dice que es cierto.

—Bueno, sé que la he cagado, pero si te sirve de algo, no buscaba para nada comentarios sobre el psicópata asesino ese. No me interesa enfocar la historia de ese modo. Quería hacerlo sobre ti, sobre tus motivaciones y sobre tu empresa.

Levanto una ceja sorprendida al escuchar sus palabras, mientras rebusca en su bolso.

—Supongo que en estos momentos me odias, pero si por casualidad cambias de opinión, aquí tienes mi tarjeta. Por cierto, con respecto a lo de estar interesada en ti, del modo en que creías inicialmente... en otras circunstancias, posiblemente sí —admite con un guiño de ojo, mientras gira sobre sus talones y abandona el café—. Sin el "posiblemente" —añade.

Sobre la mesa, ha dejado una tarjeta de visita y un billete de 20 dólares para cubrir el coste de la comida. Sin apenas darme cuenta, mis ojos se dirigen hacia la tarjeta, la famosa tipografía del periódico para el que trabaja estampada en ella y en la esquina izquierda un nombre: Sarah Davis.

Capítulo 3

Sarah

Dejo escapar un largo soplido y me dejo caer sobre la silla. Me he pasado la mañana detrás de esa mujer para nada. Intentando colarme en su empresa, siguiéndola hasta un café cercano y ¿coqueteando con ella? Quizá solo un poco, debo reconocerlo, pero ¿a quién no le gustaría recibir un poco de atención de una mujer como Hailey Parker?

Para ser sincera, me sorprendió muchísimo que entrase en el juego. Imagino que no tendrá muchos problemas para conseguir pareja, y ojalá no hubiese metido la pata tan pronto y alargado un poco más el coqueteo. Pero es que la gilipollez de frase que utilizó para ligar conmigo… Madre mía, llevo toda la mañana riéndome sola al recordarla.

Seguirla hasta el café fue muy arriesgado por mi parte. Ya se había negado a recibirme en su empresa. Si no llega a ser porque fue ella quien intentó ligar conmigo, posiblemente tendría ya una queja en el despacho de mis jefes. Justo la excusa que necesito para que me despidan del periódico.

Lo que no me imaginaba es que fuese una persona tan diferente a la que muestran las entrevistas que he visto. Esperaba a la típica "reina de hielo", a una mujer un tanto engreída, excesivamente segura de sí misma. En cambio, durante el poco rato que compartimos, su imagen fue muy diferente. Estuvo amable, hasta simpática, incluso antes de que pretendiese ligar conmigo.

—¡Sarah! —escucho de pronto, y al levantar la vista veo a George, mi redactor jefe, que me hace una seña para que vaya a su despacho.

No entiendo la necesidad de llamarnos siempre a gritos. Supongo que es su manera de hacernos saber que él es el jefe y nosotros los becarios. Por suerte, el resto de mis compañeros parece muy ocupado y ni siquiera se han dado cuenta. Últimamente, cada vez que llaman a uno de nosotros al despacho del jefe bromeamos con que va a ser despedido.

—Cierra la puerta —ordena en cuanto entro—. ¿Y bien? ¿Qué tal ha ido la entrevista?

—Bueno… he conseguido hablar con ella —admito rebuscando las palabras correctas en mi cabeza.

—¡Fantástico! Dime, ¿qué información has conseguido sacar?

Hago una pausa y por la manera en la que mi jefe frunce el ceño creo que se ha dado cuenta de que estoy muy nerviosa.

—No he sacado mucho en firme… sé que le gustan los sándwiches de pastrami en pan de centeno y poco más —respondo nerviosa.

—Me acabas de decir que la habías entrevistado.

—Te he dicho que había hablado con ella, no que la hubiese entrevistado —aclaro abriendo las manos—. No quiso hablar conmigo, no me dejó entrar en su empresa, ni siquiera para darle mi tarjeta o charlar con su secretaria. No tuve más remedio que seguirla hasta un café cercano y…

—¿La has seguido por la calle? —interrumpe mi redactor jefe con cara de mala leche.

Somos un medio de comunicación de prestigio a nivel nacional, y se nos repite hasta la saciedad que debemos tener un comportamiento ético a la hora de conseguir entrevistas. Al menos, debemos guardar las formas, porque luego la parte ética muchas veces brilla por su ausencia.

—No le dirías que eres periodista, ¿verdad?

—Creo que sí, preferí ir de frente y no engañarla —respondo, intentando mantener la calma.

No es del todo mentira. En el fondo de mi cabeza estaba en todo momento esa idea, pero debo reconocer que quería alargar ese momento. Metí la pata y tuve que reconocer a qué me dedicaba, pero eso no lo voy a admitir. Mi jefe pone los ojos en blanco y suelta un bufido. No es la primera vez que nos dice que somos la generación de becarios más inútil que ha pasado por el periódico.

—¿Es tan gilipollas como dicen?

—No, de hecho me invitó a comer. Fue muy amable.

Los ojos de mi jefe se abren de par en par al escuchar mis palabras. Omito la parte en la que su amabilidad se perdió en el momento en que supo a qué me dedicaba.

—Entonces, ¿has quedado en volver a verla?

—No, de hecho tuve que salir a trompicones del café antes de que llamase a la policía… pero le dejé mi tarjeta por si quiere ponerse en contacto —agrego con prisa.

—Muy bien, Davis, veo que en la facultad de periodismo cada vez os forman mejor. Ahora ya sabe tu nombre y dónde trabajas… buena forma de protegerte de posibles litigios —ironiza, meneando la cabeza y llevándose una mano a la frente en señal de desesperación.

—También es una forma de poner la pelota en su tejado. Ahora ella puede decidir las condiciones de la entrevista. Para alguien como Hailey Parker, acostumbrada a mantener el control, supongo que es importante —suelto lo primero que se me ocurre antes de que me grite. Mi contestación parece hacerle dudar.

—Está bien. Psicología inversa, manipulación emocional… quizá pueda funcionar —admite acariciándose el mentón.

Ahora soy yo la que se queda sin palabras, aunque por suerte, uno de mis compañeros llama insistentemente a la puerta del despacho.

—¿Qué pasa? —grita mi jefe—. Espero que sea importante.

—Es una llamada para Sarah, pensé que debía interrumpir. Se trata de Hailey Parker.

¡Joder! Me quedo petrificada, aunque un nuevo grito de mi jefe, seguido de varios aspavientos para que vaya corriendo a coger el teléfono, me devuelve a la realidad.

—Sarah Davis al teléfono, ¿en qué puedo ayudarla señorita Parker?

—Hailey está bien —responde con voz dulce—. Tu encanto autocrítico me ha convencido y…

—No era lo que pretendía —suspiro interrumpiendo su frase.

—Y no solo no voy a presentar una queja ante tus superiores, sino que me reuniré contigo para tu primera entrevista. Pero solamente contigo, no quiero ni fotógrafos, ni a ninguno de tus compañeros —añade—. Es una entrevista informal y veremos lo que sale de ahí.

—¿De verdad? —mi intención era parecer muy profesional en todo momento, pero creo que mi pregunta ha sonado un poco infantil.

—Sí, supongo que es la mejor manera de evitar que me sigas molestando. ¿Puedes quedar conmigo para cenar dentro de una hora?

—¿No es algo pronto? Salgo dentro de dos horas

—Siempre ceno pronto —me corta—. Dile a tu jefe que has quedado conmigo, no tendrás problemas para salir antes de tiempo.

—¿Dónde?

—Te envío la ubicación —responde antes de colgar el teléfono.

—¡Joder! —suspiro, haciendo varias respiraciones profundas para intentar calmarme.

—¿Era ella? —pregunta mi redactor jefe detrás de mí—. ¿Por qué te has puesto tan roja?

Capítulo 4

Hailey

Mientras la limusina se dirige hacia el restaurante italiano que he elegido cerca de Times Square, sigo dándole vueltas en mi cabeza a la decisión de haber quedado con esa periodista. He considerado un millón de veces los pros y los contras. Sé que me arriesgo mucho si no tengo cuidado. Por otro lado, si consigo que publique justo lo que yo quiero, la influencia de su periódico pondría a la opinión pública de mi parte.

Mi departamento de relaciones públicas no ha conseguido ponerse de acuerdo. No sé para qué les pago si cada vez que llegamos a una situación difícil debo ser yo la que tome la decisión.

Esa periodista parece honesta. Lleva poco tiempo en su trabajo y seguramente todavía mantiene la vocación. También parece tener una idea formada sobre mí y sobre mi empresa y eso podría afectar al texto que escriba.

Si me muestro reservada, midiendo todas y cada una de mis palabras, podría caracterizarme como fría y superficial. A la prensa le encanta retratarme como a la típica "reina de hielo". Normalmente, no me importaría ni lo más mínimo. Sin embargo, en estos momentos, con la que está cayendo sobre nosotros por culpa del asesinato de esa pobre chica, eso puede verse como una falta de transparencia.

Por otro lado, si me muestro amable y cercana, contrastaría demasiado con la imagen que se tiene de mí y quizá considere que ofrezco poca confianza. Joder, qué lío.

Sarah Davis es una novata, y de nuevo, eso puede ser un arma de doble filo. Quizá sea muy fácil de manipular, es su primera entrevista en solitario. También puede que venga dispuesta a lucirse delante de sus jefes, buscando crear polémica. Podría centrarse en cualquier pequeño detalle y exagerarlo para ganar audiencia, o quizá enfocar el artículo en los argumentos equivocados para construir la historia que a ella le interese. Últimamente, la prensa tan solo me trae problemas.

Y luego está Karen, mi asistente personal, insistiendo en que solamente le estoy dando una entrevista porque quiero acostarme con ella. No dudo de que en otras circunstancias lo haría, la chica está muy bien, pero ahora mismo me muevo en un terreno demasiado resbaladizo.

En lo único que coincido con la opinión de mi departamento de relaciones públicas es en explotar el hecho de que Sarah Davis trabaja en un periódico en el que los puestos directivos están dominados por los hombres. Alcanzar el éxito quizá sea más difícil para ella al ser mujer. En ese sentido, puedo establecer paralelismos y ganar su confianza. La tecnología también es un campo dominado por los hombres. Trataré de manipularla con ese argumento.

En cuanto nos detenemos frente al restaurante, observo que Sarah ya se encuentra esperando. Al bajar de la limusina, las luces de neón y las pantallas gigantes se funden con la noche, creando todo un caleidoscopio de colores. El tráfico es incluso más caótico que en otras zonas de la ciudad, una bicicleta se cuela entre una hilera de taxis amarillos, provocando el sonido de los cláxones.

—Muchísimas gracias por la entrevista —exclama la periodista a modo de saludo. Parece emocionada de tener la oportunidad.

—No puedo prometerte ningún comentario que vaya a ser titular en la portada de tu periódico —bromeo mientras nos abren la puerta del restaurante.

Nada más entrar, las luces de la calle son reemplazadas por una iluminación tenue y cálida. El aroma a ajo y tomates frescos consigue que se me haga la boca agua cada vez que vengo a este local. El bullicio de la ciudad se desvanece, el suave murmullo de las conversaciones y el tintineo de los cubiertos toma el protagonismo.

El interior está decorado en un estilo rústico y hogareño, con vigas de madera en el techo, paredes de ladrillo visto y fotos antiguas de la zona de Nápoles, de donde son los dueños. Las velas encendidas en el centro de cada mesa, sobre los manteles de lino, crean un ambiente perfecto para una cita romántica… si no se tratase de una periodista.

—Señorita Parker, su mesa está preparada —indica el maître, dirigiéndonos hacia un reservado en el que me suelo sentar cuando traigo a alguna cita.

—*Grazie mille*, Giancarlo —agradezco mientras tomamos asiento.

—Mientras deciden lo que van a tomar, ¿desea que le traiga el mismo vino que la última vez?

Asiento con la cabeza y nos quedamos a solas mientras Sarah ojea el extenso menú sin saber qué pedir.

—¿Has estado alguna vez aquí? —pregunto para romper el hielo.

—Mi sueldo no me permite este tipo de cosas.

—El solomillo de Angus con queso Gorgonzola está delicioso —le aconsejo.

—Lo siento, prefiero no comer carne por la noche.

—¿Nunca?

—No, prefiero algo más ligero.

No le digo nada, pero ya empezamos mal. No sabe lo que se va a perder, porque en este local preparan el solomillo de Angus de manera espectacular y la salsa de queso Gorgonzola es, a falta de una palabra mejor para definirla, perfecta.

El sumiller se aproxima con la botella, camina despacio, sin prisa, con la delicadeza de quien es consciente de la importancia del momento. Al llegar a nuestra mesa nos sonríe, inclina la cabeza y muestra el valioso y frágil tesoro que sostiene en sus manos. El tiempo se ha depositado en forma de polvo sobre la botella.

—Su vino, señorita Parker, Vega Sicilia Único de la añada 1990 —indica el sumiller, vertiendo el vino en un decantador de manera ceremoniosa, casi como si fuese una obra de arte.

—Por una botella de este vino se llegó a pagar en una subasta de Christie´s nada menos que 50.000 €. Era una botella especial, pero aun así, este es uno de los placeres que nunca hubiese descubierto de no ser por el motivo que me recordaste esta mañana... que gano mucho dinero.

El sumiller coge el decantador y vierte un sorbo de vino en mi copa, un intenso color cereza picota atrapa nuestras miradas. La inspiración se abre paso entre mis sentidos. Llevando la copa hasta mi nariz, le hago un gesto con la mano al sumiller para que se retire.

—Sarah, haz lo mismo que yo —le indico.

—No tengo ni idea de cómo se cata un vino —reconoce entre susurros, encogiéndose de hombros.

—Este no es un vino cualquiera, ¿a qué te huele? —Sarah se acerca la copa a la nariz, aunque no está del todo convencida.

—A algo dulce, pero no sé decir a qué en concreto.

—Cierra los ojos y seguro que algún recuerdo toma forma en tu cabeza —le propongo.

No parece muy convencida, niega con la cabeza y clava sus ojos color avellana en los míos. No puede ser que me suba la temperatura de esta manera sin haber probado el vino siquiera, por fin los cierra y se concentra en la copa.

—Te vas a reír, pero... imagino a mi madre en la cocina, de pronto abre el horno y el aroma a bizcocho de naranja inunda la estancia.

—Ralladura de naranja, es una de las características de este Vega Sicilia, también tiene toques a menta y anís. Prueba a meter en tu boca un poco de vino, pero no lo tragues. Antes, muévelo por toda la boca y la lengua. Luego, abre ligeramente tus labios, aspira algo de aire y sácalo por la nariz sin tragarte el vino. Los aromas y sabores acabarán por inundarte, es entonces cuando puedes bebértelo —resulta gracioso ver cómo lo intenta, espero que con esto se relaje y no me ataque a preguntas.

—Nunca había hecho algo así con un vino antes de beberlo, cambia la perspectiva por completo —admite, cerrando los ojos y mordiéndose instintivamente el labio inferior.

Me gustaría decirle que antes de juzgar hay que conocer lo que se tiene delante, espero que haga lo mismo con mi empresa y la idea que tiene de Hailey Parker. Mejor no se lo digo porque puede pensar que mis pretensiones son otras, aunque quizás esté en lo cierto.

—Frutos negros, mermelada, es un vino goloso y muy potente. ¿Detectas alguna especia? —pregunto, muy atenta a sus gestos.

Sarah parece concentrada en la copa, cierra los ojos y toma un nuevo sorbo de vino, siguiendo mis indicaciones al pie de la letra.

—No estoy segura, pero me recuerda a pimienta negra... ¿puede ser?

—Exacto, tiene un toque especiado a pimienta negra y clavo, es debido a su maduración en barrica de roble francés. Ahora hay que elegir con que maridarlo. ¿Estás segura de que no prefieres algo de carne? Sería una pena.

—¿Han decidido ya lo que desean cenar? —pregunta el maître, acercándose a nosotras.

—Yo tomaré un solomillo de Angus con salsa de queso Gorgonzola y mi acompañante desearía algún plato ligero.

—¿Qué le parece un Toro Farnese, señorita? Es un risotto con crema de espárragos napolitanos y anacardos a la que se añade una reducción de Falanghina —propone el maître.

Sarah se encoge de hombros y me da la impresión de que se arriesgará con la propuesta.

—No sé cómo será la reducción de Falanghina, pero el vino en sí está buenísimo. Si te gusta el vino blanco, te puedo hacer llegar unas botellas, me las envían desde una bodega en la Campania italiana y es excelente para acompañar al pescado —le indico.

Antes de que Sarah pueda responder, el camarero deja sobre la mesa una tabla de quesos entre los que destaca abundante Mozzarella de búfala y unas aceitunas junto a varios trozos de pan recién horneado.

—Sé que te había dicho que no tenía ningún interés sobre el asunto ese del asesino, pero me gustaría que me comentases un poco sobre tu postura al respecto —suelta de pronto Sarah tras beber un abundante sorbo de su copa como si buscase fuerzas en el vino.

—Puf, sí que empiezas fuerte —admito con un ligero bufido.

—Lo siento, son órdenes del jefe, pero quiero darte la oportunidad de que expliques tu versión —me asegura.

—Yo no maté a esa mujer —murmuro entre dientes casi de manera mecánica. Ese jodido asesinato se está convirtiendo en una pesadilla constante.

—Lo sé —responde, sosteniéndome la mirada—. Lo sé perfectamente, yo no te culpo de ello en absoluto. Aun así, creo que sería bueno debatir sobre las implicaciones éticas de desarrollar un tipo de tecnología que pueda llegar a usarse de ese modo.

—No serás una de esas personas que está en contra de la tecnología, ¿verdad? —pregunto con miedo.

—No, no puedo estar más alejada de los Neoluditas. No es la tecnología en sí con la que tengo un problema, sino con cómo se emplea. Al fin y al cabo, Theo Petersson utilizó una app desarrollada por tu empresa para saber dónde estaría Lea Baillie y asesinarla.

—Que para empezar era un uso ilegal de mi app, porque la utilizó sin permiso de su expareja. Algunos pervertidos colocan cámaras escondidas en los vestuarios o baños públicos y no creo que hayas ido a ningún fabricante de cámaras a quejarte de que su producto no es ético —protesto.

—Lo haría si sus cámaras se comercializasen para ese fin. He comprobado los registros antiguos y durante un breve tiempo, Apurva promocionó esa app para vigilar casos de infidelidad.

—Fue un error de marketing. Ya no lo hacemos. El principal uso de esa app es proteger, no poner en peligro. Se creó para que las mujeres o los niños estuviesen más seguros. Toda nuestra publicidad va en esa dirección —le explico con toda la calma de la que soy capaz.

—Hailey, no eres la primera persona de tu empresa con la que hablo.

—¿Qué?

Mierda, esta chica se lo está tomando mucho más en serio de lo que pensaba.

—Hice una rápida llamada a un comercial con una pregunta en concreto. Si quiero saber si mi novio me engaña con otra e instalo la app en su teléfono móvil sin que él lo sepa, ¿hay alguna forma de que se entere? ¿Sabes cuál fue la respuesta?

Por suerte, el camarero llega justo en ese instante. Sé perfectamente la respuesta y es una característica que hemos buscado desde el principio.

—Bueno, ¿sabes cuál fue su respuesta? —insiste antes tomar un bocado de su Toro Farnese.

—La app es indetectable, lo sé. Pero esa es precisamente una característica que añade seguridad. Imagina que te retienen a la fuerza, lo último que quieres en esos momentos es que sepan que tienes una app que envía datos en tiempo real.

—Sigue siendo indetectable. Si alguien la mete en tu móvil, no te enteras y te tienen controlada. Incluso puede grabar lo que estás haciendo. No tengo muy claro dónde acaba la seguridad y dónde se anula el derecho a la intimidad —protesta.

—No tienes ni puta idea de lo que dices —espeto poniendo los ojos en blanco.

—Yo no te culpo del asesinato de esa mujer, Hailey, pero tu app se utiliza para cazar infidelidades y para controlar a exparejas. Eso es muy peligroso.

—Nuestros servicios no pueden utilizarse sin consentimiento —respondo con un razonamiento que ya tengo aprendido de memoria de tanto repetirlo—. También se contrata a investigadores privados para seguir a personas sin su consentimiento. El asesino de esa chica habría conseguido lo mismo contratando los servicios de un investigador privado. No necesitaba mi app. Deberías hacer un artículo sobre eso, ¿no? —pregunto, pasando al ataque a ver si me deja tranquila.

Sarah hace una pausa. Toma un nuevo bocado en un intento de ganar tiempo para encontrar una respuesta que no existe, así que decido seguir con mi razonamiento.

—Si le das la vuelta a tu lógica, la víctima de un acosador también podría emplear mi app para mantenerse a salvo, incluso si no tiene su consentimiento para instalarla, el fin podría estar justificado.

Se ha quedado sin palabras. *Touché*.

Puedo observar que está acalorada. Frunce el ceño pensativa cuando uno de los camareros se acerca a la mesa para preguntar si necesitamos algo más. Aprovecho el silencio para mojar pan en la abundante salsa de queso Gorgonzola, es mi perdición.

—Está buenísima, ¿quieres probar? —inquiero al ver que me mira extrañada.

Niega con la cabeza y sonríe. Joder, no sé si es consciente de ello, pero esa sonrisa puede derretir el mismísimo Polo Norte.

—Sarah, que gente sin escrúpulos tenga acceso a este tipo de herramientas informáticas no significa que sean malas. No existen datos que demuestren que un porcentaje significativo de los usuarios lo utilizan para fines poco éticos. Tú conduces un coche, podrías usarlo para atropellar a alguien y matarle, pero lo que quiero que comprendas es que ni el coche, ni su fabricante, tienen la culpa. Todo puede llegar a emplearse en modo erróneo para hacer daño.

—Esas estadísticas no son fiables —suelta de pronto.

—Están recopiladas por una de las mejores empresas del país.

—Pero nadie va a admitir que usaría la app para acosar a su expareja. No me vale. El peligro está ahí.

Pongo los ojos en blanco y meneo la cabeza. Debo controlar esta conversación antes de que se me vaya de las manos. Quizá ha sido una equivocación invitarla a hacer esta entrevista. El periódico para el que trabaja es de los más influyentes del país y un artículo poniendo en duda la ética de nuestra app sería muy negativo.

Las acciones ya han caído en bolsa desde que la prensa destapó que el asesino había utilizado nuestra tecnología. Esto es lo último que necesito.

—Pretendemos hacer algo nuevo y totalmente diferente. Esa es la razón del nombre de nuestra empresa —interrumpo en un intento por desviar su atención.

—¿Qué significa? —inquiere con una sonrisa divertida. Misión conseguida.

—Proviene del sánscrito y significa algo sin precedentes, totalmente nuevo. Único en su clase, como el vino que estamos bebiendo —le explico, sirviéndole una nueva copa.

—Interesante.

—Pretendemos ser innovadores no solo en el desarrollo tecnológico, sino también en el ambiente de trabajo. Ofrecemos todo tipo de ayudas para conciliar la vida laboral y familiar. Mucho antes de la pandemia ya teníamos la opción de teletrabajo. Me aseguro de que las mujeres tengan las mismas oportunidades que los hombres. Tenemos guardería, sala de lactancia, salas para echar una siesta rápida. Zona de juegos, gimnasio. Los horarios se ajustan a las necesidades de cada trabajador, al igual que las vacaciones. Podría darte muchos otros ejemplos.

Mientras hablo, observo que Sarah saca un pequeño cuaderno rojo de su bolso y comienza a escribir. Buena señal. Puede que recuerde la primera parte de nuestra conversación, pero ahora está tomando notas. He captado su interés. Con suerte, presentará el artículo sobre la empresa en un tono positivo, centrándose más en lo bueno que hacemos en la compañía y no en el dichoso asesinato.

—Ese cuaderno parece algo que te llevarías para documentar alguna aventura fantástica.

Recorro con la punta de mis dedos la cubierta del cuaderno y accidentalmente, mi mano roza la suya. Sarah levanta la vista, nuestras miradas se cruzan por un instante y se ruboriza ligeramente. Quizá no sea malo coquetear un poco con ella, al fin y al cabo, es algo que haría si tuviese la ocasión en otro tipo de condiciones.

—Tiene gracia. Algo parecido me dijo la amiga que me lo regaló. Recuerdo que me dijo en broma que podría documentar un viaje al Monte del destino. Es que soy muy fan de El señor de los anillos —se apresura a explicar.

—¿Y ya has ido a visitarlo?

—Que yo sepa, está en Mordor —bromea divertida, alzando las cejas.

—Me refiero al monte Ngauruhoe en Nueva Zelanda, el volcán en el que Peter Jackson se inspiró para dar vida al *Orodruin* en El señor de los Anillos.

—Me acabas de dejar de piedra. Eres tan friki como yo.

—Siempre me gustó mucho Tolkien —admito dedicándole mi mejor sonrisa en busca de un punto común que gane su simpatía.

—Mi presupuesto no llega para ese tipo de viajes —confiesa bajando la mirada.

—No sale barato, la verdad. Merece la pena, aunque casi me quedo sin pulmones al subirlo. La última parte está tremendamente inclinada. Tuve que hacerla a cuatro patas como un perrito —explico, recordando lo dura que fue esa subida.

Sarah termina su copa de vino y le sirvo otra. Ahora está mucho más relajada. Ha mencionado varias veces que nunca ha probado un vino mejor que este y hemos tenido que pedir otra botella. Me voy a dejar una fortuna, aunque espero que el resultado del artículo merezca la pena.

—Tu empresa parece un buen lugar para trabajar —apunta de pronto. Ahora sonríe mucho más y el tono de la conversación ha cambiado por completo.

—Me gustaría pensar que sí —respondo encogiéndome de hombros—. ¿Te sorprende?

—Es simplemente que no conozco muchas empresas así. Es muy diferente a mi lugar de trabajo.

—Tratamos de poner la ética y a nuestros trabajadores por delante de los beneficios. Por ponerte un ejemplo, pagamos nuestros impuestos en el estado de Nueva York, no en Delaware ni en un paraíso fiscal. Eso ayuda a nuestra comunidad en general —le explico y ahora soy yo la que le devuelvo el "truquito" de acariciar accidentalmente su pierna con el pie por debajo de la mesa.

Me mira con una sonrisa juguetona y se muerde instintivamente el labio inferior. Esto está funcionando mucho mejor de lo que pensaba en un principio.

—Como mínimo, intento ser mucho mejor que los jefes de mierda que he tenido cuando empecé a trabajar —le explico.

—No te imagino trabajando para nadie.

—Lo cierto es que me costaba mucho hacerlo. No consigo mantener la boca callada cuando algo me molesta. Mi último jefe me despidió por llamarle gilipollas misógino.

—Joder —suspira, llevándose una mano a la frente.

—Ni siquiera me despidió él mismo, envió a una mujer para hacerlo.

—¡Qué imbécil! Supongo que has tenido que tragar con mucha mierda destacando tanto en una industria dominada por hombres.

—Como tú, imagino —aventuro, cogiendo su mano y apretándola ligeramente.

Sarah abre la boca un par de veces como queriendo responder, pero en lugar de eso se queda callada y me dedica una sonrisa triste.

Capítulo 5

Sarah

En cuanto cruzo la puerta del periódico a la mañana siguiente, observo a mi redactor jefe haciendo señas con la mano para que entre en su despacho. Es como si me estuviese esperando.

Al entrar, el aire frío de la oficina me recorre la espalda. No sé por qué, este hombre tiene la ventana abierta en cualquier época del año. Dice que el frío le mantiene más despierto, aunque el ruido del tráfico y las sirenas que proviene de la calle se hace insoportable.

El reloj de pared marca las ocho de la mañana y la luz dorada del sol comienza a colarse a través de las persianas a medio cerrar. Mis ojos se pasean por la estantería, repleta de libros y premios periodísticos; esto último es algo que me recuerda cada vez que tiene ocasión.

La oscura mesa de madera está cubierta de los periódicos de la mañana. Se niega a leerlos por internet, debe hacerlo en papel. La taza de café parece haber sido abandonada desde las cinco de la mañana, hora a la que suele entrar a trabajar. Le ha costado ya tres divorcios y según él, con cada matrimonio fallido debe trabajar aún más.

El sonido de la puerta cerrándose detrás de mí consigue que mi corazón se acelere. Mis manos sudan mientras me siento en la vieja silla y el cuero cruje bajo el peso de mi cuerpo.

George se deja caer en su sillón con un largo suspiro, observándome mientras frunce el ceño. Nadie sabe cuántos años tiene, posiblemente esté algo demacrado por las interminables horas de trabajo, aunque los becarios bromeamos con la idea de que fue uno de los fundadores del periódico en el año 1915.

Se toma su tiempo, ponderando con calma las palabras mientras se acaricia lentamente el mentón, aumentando mi angustia a medida que el silencio se prolonga. Siento cómo la adrenalina recorre mi cuerpo, haciendo que mis sentidos se agudicen como si estuviese a punto de enfrentarme a un depredador.

—¿Cómo ha ido todo esta vez? —pregunta con voz ronca, despacio, como si quisiese que cada una de sus palabras hiciese mella en mí.

—Creo que bien, al menos no va a presentar cargos por acoso —bromeo.

—La has entrevistado o no.

—Sí, contestó a mis preguntas sobre varios temas…

—Has bajado el tono de voz al final, no es buena señal —apunta, mirándome por encima de sus gafas de pasta. Coge un bolígrafo de su mesa y me señala varias veces mientras espera mi respuesta.

Y no sé ni por dónde puedo empezar a contestar. La entrevista en el restaurante no comenzó mal, pensé que la había acorralado. Más tarde me llevó a su terreno y creo que la última pregunta que le hice fue: "¿cómo te gusta que te follen?"

No ha sido una buena decisión acabar en su cama. No sé ni cómo se me ocurrió. Quizá la deliciosa cena, el ambiente romántico del restaurante, las dos botellas del carísimo vino, las caricias de su pie bajo la mesa, sus preciosos ojos azules. Mierda, tendría que haberme controlado.

—¿Qué ha pasado? —insiste.

—No mucho, creo que ese es el problema. No siento que haya conseguido lo suficiente como para publicar un buen artículo. Quiero decir, tuvimos una conversación interesante, hablamos de cosas significativas de su app, de su empresa o de ella misma y …

—Así que fue ella quien dirigió la entrevista.

—Yo no diría eso. He aprendido cosas muy interesantes sobre Hailey Parker, pero que no creo que encajen en un artículo periodístico, al menos no en el que buscamos —admito y mi mente divaga hacia lo mucho que confesó que le gustaba quedarse muy quieta mientras le hacen el amor.

—Su discurso, ¿te pareció calculado?

—Puede que sí —suspiro.

—¿Te sirven en bandeja una historia de actualidad y te dejas manipular?

—Yo no lo enfocaría de ese modo, George…

—Escúchame bien, porque solamente te lo diré una sola vez. Hay cinco becarios en este departamento y me voy a quedar con uno. Cuatro se irán a la calle y tomaré la decisión en un mes. Ese es el tiempo que tienes para preparar un artículo de investigación sobre esa mujer y su empresa. Un artículo que haga que el periódico se sienta orgulloso. ¿Me has oído? —inquiere pegando un golpe sobre la mesa y alzando la voz.

—Lo intentaré —suspiro, todavía temblando del susto que me acaba de dar.

—No lo intentes, hazlo. Si solamente lo intentas estarás despedida.

—Bien.

—¡Sarah, escúchame! —exclama cuando ya me he levantado para marcharme—. ¿Ves todos esos premios? Las mejores historias que publicamos descubren verdades duras. A veces, duele escribirlas, no es raro que las personas sobre las que escribimos sean amables y simpáticos, incluso que nos caigan bien. Suelen ser gente carismática, los lectores les ven como revolucionarios en su trabajo y por eso, cuando descubrimos la dura realidad, esas historias conmueven… y sobre todo venden.

—Haré todo lo posible, George, te lo aseguro.

—No somos un jodido periódico de negocios. No nos limitamos a ensalzar a los grandes empresarios o a los genios de la tecnología o lo que coño sea esa mujer. Nuestro trabajo es dar a la gente la verdad, incluso cuando esa verdad no quiere ser descubierta. Un buen periodista de investigación no descansa hasta que la descubre y hace lo que haga falta para conseguirlo —añade, señalándome de nuevo con su bolígrafo.

—Lo sé, George.

—Si no te da la información mientras la entrevistas, investiga. Habla con otros, remueve cada puta piedra de esa empresa hasta que toda la mierda salga a la luz.

—¿Y si no hay mierda? —pregunto bajando la voz.

—Siempre la hay —concluye, alzando los ojos y negando con la cabeza.

Resoplo y salgo del despacho en dirección a mi mesa. Lo peor de todo, es saber que mi redactor jefe tiene razón. No del todo, es incluso peor saber que tiene razón y que conozco exactamente de dónde tirar para sacar esa mierda a la superficie.

Esta mañana, justo antes de entrar en las oficinas del periódico, recibí información anónima de que existe una versión superior de esa app. Supuestamente, y según mi informante anónimo, la policía fue capaz de encontrar al asesino gracias a una inteligencia artificial aplicada a esa nueva versión.

Seguramente, puede tratarse de alguna persona que odia a Hailey o que tiene intereses económicos en que las acciones de Apurva se hundan en bolsa. Aun así, me están sirviendo el hilo del que tirar para sacar la información en bandeja.

No me ha dado ningún detalle sobre la tecnología utilizada, tampoco sobre si Apurva está vendiendo esa versión superior de la app a la policía de otras ciudades o incluso a alguna agencia gubernamental. Solamente me dice que existe y que la policía de Nueva York la tiene.

Pero entonces pienso en nuestros encuentros. En cómo se ruborizó ligeramente en el café cuando acaricié su gemelo con mi pie por debajo de la mesa, haciendo parecer que había sido algo accidental. En el roce de su mano con la mía la primera vez que entrelazamos nuestros dedos. En ese primer beso casi tímido cuando me dejó en el portal de mi casa. En su cuerpo temblando mientras le regalaba aquel intenso orgasmo.

Mierda. No puedo dejar que una noche de sexo interfiera con mi investigación, pero una voz en mi interior quiere creer en ella… Y si un día se descubre que me la llevé a la cama en medio de la documentación para un artículo, se hablará de mí durante años en este periódico, y no para bien.

Las palabras de mi redactor jefe retumban en mi cabeza como un eco lejano: "nuestro trabajo es dar a la gente la verdad, incluso cuando esa verdad no quiere ser descubierta". Y sin embargo, no puedo evitar que mis pensamientos vayan demasiado lejos y comienzo a soñar despierta.

¿Cómo sería mantener una relación con Hailey Parker? Es inteligente, apasionada, preciosa y el sexo con ella no pertenece a este mundo. Cada parte de su cuerpo es tan receptivo, tan sensible, que te sube el ego por las nubes.

Cuando algo le importa se deja el alma, o al menos esa es la sensación que me ha transmitido. Después de hacer el amor, con su cabeza apoyada en mi pecho mientras yo peinaba su pelo entre mis dedos, me contó de dónde había surgido la idea para la app.

Me sorprendió saber que su motivación inicial era proteger a las mujeres. Me contó cómo cuando iba a la universidad y sus amigas tenían una cita, informaban antes por un grupo dónde estarían y a qué horas. Se sentían más seguras de ese modo. En su último curso, desarrolló una versión beta, muy rudimentaria, que rastreaba la ubicación con más precisión que el resto de las aplicaciones de esa época. Con el tiempo, fue añadiendo funciones a la app hasta convertirla en lo que es hoy, pero todo surgió por la necesidad de proteger a sus amigas.

"Estaba harta de preocuparme por su seguridad, las mujeres estamos demasiado expuestas a los depredadores" matizó con un

largo suspiro. *"Tenemos una mierda de cultura en la que se culpa a la víctima y se la avergüenza a lo largo de todo el proceso. Como si ser agredidas fuese culpa nuestra, como si los putos violadores viniesen con una etiqueta en la frente indicando que lo son. Quería proteger a mis amigas, nadie más iba a hacer eso por nosotras"* añadió antes de deslizar su lengua por uno de mis pezones.

Y lo jodido es que lo he vivido en primera persona. A los diecisiete años, el hijo de un vecino me llevó a dar una vuelta en su coche nuevo. Yo estaba encantada de que alguien de veintitrés años me hiciese caso y me monté con él. Todo se complicó cuando puso la mano derecha en mi muslo y empezó a acariciarme. Le pedí que parase, pero me quedé petrificada.

Solamente pude llorar cuando su mano alcanzó mi sexo, le supliqué que no siguiera y por un momento temí que me llevase a un descampado para violarme. Por suerte para mí, las cosas no fueron a más, bastante lejos habían llegado. Me pidió que no contase nada y así lo hice. Sobre todo, por no revivir de nuevo esa situación, algo de lo que no tenía pruebas y que representaba su palabra contra la mía.

Me pregunto si haber tenido en mi móvil una app de ese tipo y a alguna de mis amigas alertada me hubiese ayudado a sentirme más segura. De algún modo, me encanta la idea de que alguien se hubiese preocupado tanto por mí como para desarrollar una app para mantenerme a salvo.

Es posible que la esté idealizando, pero su pasión por desarrollar un producto que aborda un problema muy común es real. Quizá Hailey tiene razón. Puede que simplemente sea el mal uso de esa tecnología lo que está mal y no la tecnología en sí. Sus intenciones son buenas.

Pero las intenciones no siempre son lo prioritario y mi trabajo es encontrar la verdad, sin importar quién esté involucrado. Incluso si esa persona es Hailey Parker.

Capítulo 6

Hailey

—Hailey. Por favor, dime que no es cierto —suplica Karen, mi asistente personal, llevándose las manos a la cabeza y entornando los ojos.

—No montes un drama, tampoco es para tanto —me quejo.

—¿Qué no monte un drama? Hailey, no te puedes acostar con una periodista que te está investigando y va a escribir un artículo sobre tu empresa. ¿Tú sabes lo mal que queda eso si sale a la luz?

—También queda mal para ella, ¿no?

—¿Me vas a decir que lo has hecho para que solo ponga cosas buenas en su artículo, o incluso para que no lo publique?

—Puede ser —respondo encogiéndome de hombros.

—Ya, por eso llevas toda la mañana embobada mirando sus fotos en internet. Joder, es que menos mal que tenemos las puertas de cristal porque no quiero pensar lo que habrías hecho si nadie pudiese verte.

—Sabes que sigo siendo tu jefa, ¿verdad?

Karen pone los ojos en blanco y sonríe. Llevamos juntas muchos años y sé que puedo confiarle mi vida si hiciese falta, pero no me gusta la dirección que está tomando nuestra charla.

—¿No es un poco joven para ti?

—Tiene veinticinco.

—En esa foto no le echaría más de veinte —afirma señalando con la barbilla hacia la pantalla de mi ordenador—. ¿Tan buena es en la cama?

—¡Karen! No te pienso dar detalles íntimos —protesto pellizcando el puente de mi nariz y negando con la cabeza divertida.

—Te has ruborizado. Es una putada tener la piel tan blanca, ¿eh?

—Eres gilipollas, de verdad. ¿No tienes nada que hacer?

—Esto es mucho más divertido —bromea—. Bueno, en serio. ¿Crees que nos causará problemas?

—No. Conseguí mantener la conversación alejada del nuevo producto y le añadí muchos detalles sentimentales sobre mi motivación a la hora de crear la app. Se conformará con eso. Espero —añado en el último segundo, aunque lo digo en plan "espera lo mejor y prepárate para lo peor".

—¿Te preocupa?

—Sarah es lista.

—¿Cuándo ha dejado de ser "esa periodista" para pasar a ser "Sarah"?

—Joder, ¡qué pesada estás hoy! —me quejo, echando un último vistazo furtivo a su foto en el ordenador.

—En el fondo te excita pensar que pueda ser tan inteligente como para seguir investigando, ¿no? Sería como un reto para ti.

—Sería jodidamente sexy —suspiro.

—Recuerda que somos trescientas quince personas en la empresa, Hailey, eso sin contar los miles de accionistas. Esto no es un juego.

—¿Me has visto alguna vez jugar con algo relacionado con el trabajo? —protesto chasqueando la lengua.

—Nunca te he visto mirando fotos de una mujer después de haber follado con ella la noche anterior —responde.

Dejo escapar un ligero bufido de desaprobación, pero en el fondo, me alegro de que sea tan directa conmigo. A menudo, tengo la sensación de que aunque animo a todos mis empleados a debatir abiertamente, el desequilibrio de poder entre nosotros crea una barrera natural. Rara vez me desafían, e incluso cuando lo hacen, nadie es tan directo como Karen. Trabajar a su lado es como poner una piedra de afilar en mi cerebro. Me obliga a reflexionar constantemente sobre la situación de nuestra empresa, sobre nuestros productos y últimamente, sobre la ética.

—Hailey, sabes que si alguien se enterase de que te estás follando a la periodista acabaría siendo un puto desastre, ¿verdad?. En plan, no una piedrecita en el zapato o algo incómodo. Podría ser un desastre en toda regla —me recuerda alzando las cejas.

—Tranquila.

—Un puto desastre comparable a que salga a la luz lo que estamos haciendo con esa app —añade.

—No veo cómo podría ocurrir.

—No puedes bajar la guardia en ningún momento. Hailey, escúchame —insiste, alzando la voz para captar mi atención—. Por favor, ni un descuido, por muy bueno que sea el sexo con esa chica, porque vas a repetir, ¿no?

Simplemente, me encojo de hombros. Mi regla es no repetir nunca, un polvo de una noche se queda simplemente en eso. No hay más llamadas, ni mensajes, ni mujeres enfadadas porque se ponen celosas. Nada. Todo es mucho más sencillo. En cambio, con Sarah… No lo sé, con Sarah no me importaría repetir.

En cualquier caso, la advertencia de Karen me hiela la sangre. Si alguien se entera antes de que el consejo de administración tome una decisión, sería nefasto. Incluso tras esa decisión no será algo fácil de explicar.

Cuando se descubrió que Lea Baillee fue asesinada porque llevaba nuestra app en su móvil sin saberlo, me enfurecí. Conocer esa noticia fue como si me hubiesen atravesado el corazón con una daga. La policía de Nueva York me pidió ayuda con el caso y me sentí obligada a dársela. Pusimos a su disposición toda nuestra tecnología en pruebas. El uso de una inteligencia artificial que no solo rastreaba con total precisión el teléfono del asesino, sino que podía predecir sus futuros movimientos basados en patrones anteriores. Quería que atrapasen a ese cabrón y quizá nos saltamos todas las medidas de control de la inteligencia artificial.

La parte positiva es que la policía no tardó en encontrar al asesino. La parte negativa es que ahora disponemos de una tecnología capaz de predecir el comportamiento de las personas. Algo único, para lo bueno y para lo malo.

Ni que decir tiene que la noticia corrió como la pólvora en círculos especializados. El alcalde de la ciudad me invitó a comer para estudiar la posibilidad de que el departamento de policía utilizase esa nueva capacidad. En menos de cuarenta y ocho horas, no solo era el departamento de policía de Nueva York, también los de otras grandes ciudades y numerosas agencias gubernamentales. Poco más tarde, se unieron los gobiernos de países de dudosa reputación en cuanto a las libertades individuales.

Ahora, con las acciones de la empresa cayendo en bolsa desde que se descubrió que nuestra app estaba en el móvil de la chica asesinada, una parte del consejo de administración presiona para vender la tecnología antes de que nuestro gobierno la considere de doble uso y pasemos a estar supervisados por el Departamento de defensa.

El voto del consejo nunca ha estado tan dividido. Nos hará ganar mucho dinero, cantidades obscenas, pero la opinión pública se nos echará encima. La tecnología en sí no es ilegal, al menos de momento. Sin duda, añadirá un plus de seguridad, pero menoscaba de manera notable las libertades individuales.

La policía admitió que nuestra nueva app ha aportado una ayuda inestimable para capturar a varios delincuentes peligrosos. Por supuesto, en algunos casos hemos tenido que sobrepasar los límites legales, hackeando sus teléfonos móviles. Me recuerdo a mí misma que los resultados han merecido la pena, el tiempo es esencial en esos casos. Sin embargo, también soy consciente de que existe una línea muy difusa entre el bien y el mal. No todo es blanco o negro y nuestra app fluye en una escala de grises demasiado peligrosa.

Quiero pensar que podemos ayudar a los "buenos" a luchar contra los "malos", pero sé que también podría utilizarse como parte de un programa de vigilancia masiva que limitaría nuestra libertad.

—¿Tienes clara ya tu postura ante el consejo de administración? —pregunta Karen de pronto, sacándome de mis pensamientos y devolviéndome a la realidad.

Su tono de voz me indica el descontento con toda esta situación. No es una mujer que confíe plenamente en los políticos o en las autoridades en general. La mitad de mi plantilla está compuesta de hackers y anarcocapitalistas.

Su visión de la tecnología se alinea con la contracultura digital de los años noventa, como algo que no debe estar controlado por aquellos que tienen poder o dinero. Saber que el consejo de administración está considerando la venta de nuestra inteligencia artificial a ese tipo de clientes les pone los pelos de punta. Genera demasiado conflicto.

Me preocupa que parte de mi equipo no quiera seguir trabajando en Apurva. No deseo que nuestra empresa sea vista como una colaboradora del autoritarismo, pero entiendo la posición del consejo de administración. Es la única manera de recuperarnos financieramente y si se toma la decisión de vender la tecnología, hay que hacerlo antes de que el Departamento de defensa nos controle.

—Todavía no tengo ni idea —suspiro—. Serás la primera en saberlo.

Karen asiente lentamente con la cabeza y me mira preocupada. A continuación, se da la vuelta y sale de mi despacho, mientras mis ojos regresan a las fotos de Sarah Davis en la pantalla de mi ordenador.

Capítulo 7

Sarah

—Davis, te faltan solo unos días para que se cumpla el plazo. Tic tac, tic tac… ¡Vete moviendo el culo si quieres conservar el trabajo! —chilla mi redactor jefe desde su despacho.

No comprendo la necesidad de decir ese tipo de cosas a gritos, atrayendo la atención de todos los compañeros, en vez de decirlo en privado o enviarte un correo electrónico.

Y el problema es que tiene toda la razón. Como Hailey solamente me cuenta la información que le hace quedar bien y es completamente inútil intentar hablar con cualquier empleado de su empresa, he decidido intentarlo con la propia policía.

Supuse que el departamento que más estaría utilizando la app sería el de criminalística, así que les llamé por teléfono y pedí hablar con algún mando. En cuanto escucharon que pretendía obtener información sobre la dichosa app, me pasaron con un responsable del departamento de prensa, que se dedicó de manera educada a tirar balones fuera y no decirme nada.

Por suerte, mi redactor jefe decidió utilizar a sus muchos conocidos y me puso en contacto con un tal Ken'ichi Hiramatsu. Un exinspector de origen japonés que accedió a hablar conmigo.

—Esa app es un auténtico peligro —fue lo primero que me dijo, antes incluso de sentarnos a la mesa—. Debería estar prohibida, viola la cuarta enmienda.

Hiramatsu me comentó que desde el primer momento, expresó su preocupación al departamento de policía, aunque nadie le quiso escuchar.

—Pero cuando vi lo que esa jodida app es capaz de hacer, se me pusieron los pelos de punta —explicó, pasando una mano por el pelo.

—¿Podría dar más detalles? —pregunté extrañada.

—Esa inteligencia artificial puede predecir hasta cuando vas a ir al baño —protestó con un bufido.

Y a partir de ese momento, el expolicía comenzó a relatar cómo habían utilizado la app, sus capacidades y los potenciales peligros para la intimidad de las personas.

—Pero podría aumentar la seguridad de los ciudadanos, resolver más crímenes e incluso prevenirlos antes de que ocurran, ¿cierto? —argumenté.

—Y también podrían tener un control total sobre los individuos. Vivimos pegados a un teléfono móvil. Si meten esa app en tu teléfono, es prácticamente como llevar un chip que les informará en todo momento no solo lo que haces, sino de lo que es probable que hagas en el futuro. Tu intimidad se va a la mierda —concluyó, escondiendo la cabeza entre sus manos con desesperación.

Me aseguró que había escuchado que no solo los departamentos de policía de las grandes ciudades, sino también varias agencias gubernamentales estaban ya negociando con Apurva para usar la versión avanzada de la app.

—Será cuestión de tiempo que todas las dictaduras del mundo le ofrezcan un cheque en blanco para utilizar esa tecnología. Esa zorra tendrá más dólares de los que caben en un banco —añadió con un evidente gesto de asco.

La conversación con Hiramatsu me deja un sabor de boca agridulce. Soy consciente de que ahora tengo la información necesaria para escribir un artículo rompedor, de esos que pondrían mi nombre en la primera página del periódico y asegurarían mi puesto de trabajo. Y, aunque estoy de acuerdo con el expolicía en el peligro que supone para la libertad individual, no me gustaría hundir esa empresa sin darle a Harley la posibilidad de defenderse. Quiero pensar que todo esto lo ha meditado, es una mujer muy inteligente. Sin duda, habrá valorado los pros y los contras de su tecnología antes incluso de desarrollarla.

Puedo entender que proporcionar su app a ciertos departamentos para la lucha contra el crimen puede ser algo positivo, pero la venta generalizada solo para obtener beneficios sería una postura más difícil de defender.

Necesito hablar con ella. Es la única persona que me puede aclarar de verdad lo que está pasando. Me parece correcto darle una oportunidad para que exponga sus motivos. Y sin embargo… algo en mi interior me dice que voy a poner en peligro cualquier oportunidad de iniciar una relación con Hailey.

Espero pacientemente frente a la empresa a que la mayor parte de los empleados abandonen las instalaciones tras terminar la jornada de trabajo y decido llamar a la puerta.

—Apurva, ¿en qué puedo ayudarle? —saluda una mujer al otro lado.

—Buenas tardes, soy Sarah Davis, sé que es un poco tarde, pero querría hablar con la señorita Parker. Es importante —anuncio, sintiendo que se me quiebra la voz al pronunciar esas dos últimas palabras.

—Un momento, por favor.

Mi corazón late con fuerza mientras espero unos minutos, que a mí me parecen horas, hasta que escucho de nuevo la voz de la misma mujer.

—Puede subir, señorita Davis.

Respiro aliviada en cuanto la luz del telefonillo se pone en verde y la puerta se abre. Siento que cada músculo de mi cuerpo se tensa mientras espero el ascensor que me llevará a su despacho, aunque por suerte, Hailey me está esperando en cuanto llego a su planta.

—Señorita Davis, la mayor parte de los empleados ya se ha ido a casa. Tan solo estaremos usted y yo, así como el personal de seguridad de la entrada. Espero que eso no le moleste —disimula Hailey mientras me conduce a su despacho.

Espero a que la puerta se cierre antes de hablar.

—Debo preguntarte algo importante sobre tu app —indico bajando el tono de voz.

—Luego me lo cuentas —susurra, colocando su dedo índice sobre mis labios y empujándome contra la pared.

—Hailey, es importante —suspiro.

Trato de protestar, pero pega su cuerpo al mío y roza mis labios con la punta de los dedos mientras besa mi cuello. Con las manos extendidas contra la pared y el calor de su cuerpo contra el mío, toda mi fuerza de voluntad comienza a flaquear.

Debo parar, sé que en cuanto Hailey sepa que tengo información de su nueva app, no querrá saber nada de mí. Tampoco es muy ético hacer el amor en su despacho y publicar dentro de un par de días un artículo que destroce su empresa, pero una fuerza incontenible en mi interior me impide detenerme.

Su boca se acerca a la mía, sus labios ligeramente abiertos y la cabeza ladeada. Está preciosa con su melena rubia recogida en una cola de caballo alta.

—Hailey, por favor —protesto en un tono mucho más suave de lo que me hubiese gustado.

—¿De verdad quieres que pare?

—Sí —susurro.

—No me digas que no tienes ganas porque se te nota mucho.

Hailey toma mi mano derecha y la coloca sobre sus nalgas. Mi resistencia es ya minúscula y todo mi cuerpo tiembla cuando cuelo esa misma mano por debajo de sus pantalones y siento su piel desnuda.

—Joder, ¿no llevas bragas?

—Me las he quitado mientras subías —susurra.

Tira de mi blusa hacia arriba, sacándola del pantalón, y sus manos cálidas recorren lentamente mis costados. Coloca su labio inferior entre los míos, casi acariciándolos con él, un simple roce que consigue hacer temblar todo mi cuerpo.

Mientras me besa, desabrocha uno a uno los botones de mi blusa y la deja caer a nuestros pies. Perdida en sus hermosos ojos azules, permito que la punta de sus dedos recorra la línea de mi clavícula, consiguiendo que se me ericen los pelos de la nuca cuando los desliza por mi escote.

Antes de que me quiera dar cuenta, mi sujetador cae también al suelo y Hailey acaricia mis pechos con una suavidad asombrosa, casi como si los estuviese admirando. Desliza lentamente los dedos por todo su contorno, rozando mis duros pezones, describiendo sutiles círculos sobre mi areola.

Un deseo irracional se apodera de mi cuerpo. La beso con pasión, buscando su lengua con la mía, cubriendo sus pequeños pechos con mis manos, sintiendo sus pezones duros bajo el sujetador, arrancando suaves gemidos de su boca.

La ayudo a quitarse su eterno jersey negro de cuello cisne, liberándola a continuación, torpemente y con prisas, del sujetador. Muerdo el labio inferior con deseo al observar sus pechos, recordando sus gemidos de placer hace una semana en mi casa.

Le doy la vuelta y beso su cuello mientras siento sus pezones endurecerse entre mis dedos. Ya me da igual el jodido artículo, ahora mismo solo quiero estar dentro de ella, sentir cómo alcanza un orgasmo contra mis dedos.

Nos quitamos los zapatos, nos desprendemos apresuradamente de los pantalones y de la ropa interior mientras su mano derecha se cuela entre mis piernas cubriendo mi sexo.

Me pierdo de nuevo en esos hermosos ojos azules al tiempo que retira un mechón de pelo de mi frente, como si quisiera pedirme permiso antes de seguir adelante.

Asiento con la cabeza y dejo escapar un pequeño grito al sentir sus dedos deslizarse entre la humedad de mis labios para después llevarlos a mi boca. Apago mis gemidos en ellos, chupándolos, percibiendo el aroma de mi excitación.

—Siéntate en la mesa —susurra, su nariz rozando mi oreja.

Hago lo que me dice y se coloca en cuclillas entre mis piernas. Acaricia mis tobillos, consiguiendo que todos mis sentidos enloquezcan. Sus suaves dedos rozan mis pies desnudos, sus labios besan mis gemelos mientras cierro los ojos y echo la cabeza hacia atrás, disfrutando del momento.

Levanta la cabeza e instintivamente, abro las piernas al sentir su respiración en mi sexo, dejando escapar un sonoro gemido cuando su lengua presiona la entrada de mi vagina.

Me lame lentamente, de arriba abajo, como si estuviese degustando un helado, presionando un poco más al llegar a mi clítoris antes de volver a recorrer el mismo camino.

El tacto de sus pechos desnudos en mis piernas me hace temblar.

Juego con su pelo, siguiendo el ritmo de su lengua sobre mi clítoris mientras dos de sus dedos se deslizan dentro de mí y su mano izquierda acaricia mi muslo.

Sin poder aguantar más, me dejo caer sobre la mesa, sintiendo la fría madera en mi espalda.

—Hailey, yo ya me voy —escucho mientras alguien abre la puerta.

—¡Joder!

Torpemente, trato de cubrir mi cuerpo mientras observo a la asistente personal de Hailey decirnos adiós con la mano.

Con la respiración acelerada y sin poder creer lo que acaba de ocurrir, me quedo petrificada, sentada sobre la mesa con las piernas todavía abiertas y una mano cubriendo mi sexo.

—Vaya cara que se te ha quedado —bromea Hailey.

—¡Eres gilipollas, joder!

—No pasa nada. Karen es totalmente de fiar. Relájate y vuelve a tumbarte, que no me gusta dejar las cosas a medias —susurra mientras desliza la palma de su mano por mi sexo.

Niego lentamente con la cabeza y le sujeto la muñeca para retirar su mano. Hailey me mira extrañada, pero no discute. Se incorpora y toma asiento en una silla frente a mí, introduciendo en su boca los dedos que hace un momento estaban en mi sexo.

Y por unos momentos nos quedamos en silencio, completamente desnudas en la soledad de su despacho. Mi cabeza, todavía dando vueltas a la interrupción de su asistente personal, preguntándome a mí misma qué pasará en cuanto le pregunte por su app. ¿Se repetirá lo que acaba de ocurrir? ¿Tenemos algún futuro juntas? ¿No querrá saber nada de mí en cuanto hablemos?

Cierro los ojos y dejo escapar un largo suspiro mientras me bajo de la mesa en busca de mi ropa, deseando que la respuesta a las dos primeras preguntas sea afirmativa.

Capítulo 8

Sarah

—Necesito hablar contigo sobre la aplicación —murmuro, todavía a medio vestir.

Hailey se sienta frente a mí, su cuerpo tan solo cubierto con un jersey negro de cuello cisne. Cruza sus piernas desnudas con elegancia, yo diría que hasta mostrando su sexo a propósito mientras lo hace y, sin dejar de mirarme, entrelaza los dedos sobre su regazo.

—Si quieres, te puedo organizar una reunión con los ingenieros de nuestro equipo de investigación y desarrollo —deja caer, su voz rebosa fría profesionalidad—. Ellos son los más indicados para guiarte por los entresijos técnicos del software —añade.

—Hailey.

—También podrías hablar con el responsable del departamento de análisis de datos. Son los encargados de entrenar a nuestra inteligencia artificial.

—Hailey, sé lo de la versión superior que ha utilizado el departamento de policía de Nueva York —interrumpo, mi voz poco más que un suspiro.

De pronto, aprieta los labios y su cuerpo irradia tensión. Sigo su mirada hacia la puerta del despacho, como si quisiese asegurarse de que nadie puede escucharla. Me sorprende que mientras me hacía el amor no le preocupó en ningún momento que alguien más pudiese estar cerca, y ahora parece nerviosa.

—Siéntate —indica golpeando con la palma de la mano el sofá en el que se encuentra.

Me dejo caer en el sofá junto a ella y me giro para mirarla. Si alguien entrase en este instante, pensaría que estamos locas. Ella vestida solamente con un jersey y yo en sujetador.

—¿Cuánto sabes exactamente? —inquiere y su mirada se ha vuelto gélida.

—He hablado con un antiguo analista del departamento de criminalística de la policía. Estuvo trabajando con vuestra aplicación mientras investigaban el caso del asesinato de Lea Baillee y algún otro.

—Keni'chi Hiramatsu —interrumpe.

—No importa quién, Hailey. Me contó cómo funciona, cómo la IA puede predecir el comportamiento futuro de las personas basado en ciertos patrones —tomo aire y trago saliva antes de continuar—. Asegura que tienes informáticos capaces de colar la aplicación en cualquier teléfono móvil, a distancia y sin el consentimiento del usuario. También afirma que hay otros departamentos de policía y agencias gubernamentales muy interesados en conseguir la app. Incluso gobiernos de otros países.

—¿Y quieres que te confirme todo eso para escribir tu artículo? ¿De verdad te crees que soy tan gilipollas? ¿Por eso has dejado que te folle antes de sacar el tema?

—Intenté decírtelo nada más llegar, Hailey. Fuiste tú la que no me dejó continuar —protesto agitada, elevando la voz algo más de lo necesario.

La observo inhalar una profunda respiración y soltar el aire poco a poco, como si estuviese ponderando sus palabras antes de responder.

—Hailey, a estas alturas tengo la suficiente información como para escribir el artículo —le aseguro.

Me mira confusa, frunciendo el ceño como si no entendiese algo.

—Entonces, ¿por qué estás aquí? ¿Para echármelo en cara? ¿Para demostrarme que has sido más lista?

—No —susurro, inclinándome hacia delante y cogiendo su mano entre las mías—. Solo quería que supieses de qué voy a escribir y quizá… quizá darte una oportunidad de explicar lo que habéis hecho.

—Todavía no hay ninguna decisión tomada sobre esa versión de la app —suspira, encogiéndose de hombros—. Vale, sí, desarrollamos una versión superior del software y se lo entregamos a la policía de Nueva York para resolver el caso del asesinato de esa chica. Francamente, me sentí como una mierda al saber que el acosador empleó nuestro producto para rastrearla y matarla. Le digo a todo el mundo que no es culpa de la tecnología sino de su uso equivocado, pero soy humana, joder. Tengo sentimientos y a nadie le gusta que usen su app para matar a una persona.

—Hailey, solo estoy haciendo mi trabajo —me disculpo, apretando su mano entre las mías.

—Y lo has hecho muy bien. Tengo que reconocerlo —admite arqueando las cejas.

—Vamos a olvidarnos por un momento del departamento de policía de Nueva York —propongo—. Está claro que la app cumplió su función y permitió cazar a un asesino, así que supongo que el fin justifica los medios. En cambio, esa app podría caer en manos de organizaciones que no tienen la misma integridad moral. Eres consciente de los riesgos, ¿verdad?

—Se creó para aportar seguridad a las personas.

—Y puede hacerlo. Pero también puede emplearse para todo lo contrario, para anular las libertades individuales si cae en las manos equivocadas —le explico, acariciando el reverso de su mano con mi dedo pulgar.

De pronto, su actitud me deja totalmente fuera de juego. Cerrando los ojos, muerde su labio inferior y se inclina hacia delante para esconder la cabeza en el hueco de mi cuello, como si necesitase que le diesen mimos. Por unos instantes, me quedo de piedra, no sé qué hacer e instintivamente, acaricio su melena y beso su sien.

—Tenemos problemas, Sarah —suelta de pronto—. Cuando salió a la luz la noticia de que Theo Petersson utilizó nuestra app para rastrear y asesinar a esa chica, empezamos a recibir fuertes críticas. Algunos inversores clave nos abandonaron y varios bancos no han querido trabajar con nosotros. Las acciones están en bolsa a casi la mitad del valor que un día tuvieron. Perdemos dinero y sin el apoyo de nuevos inversores no podemos salir adelante —explica apoyando la cabeza en mi pecho.

—Y queréis vender la nueva versión para compensar las pérdidas.

—No lo sé. La decisión no está tomada. Una parte del consejo de administración quiere que lo haga. Ganaríamos muchísimo dinero, mucho más de lo que jamás podríamos generar con el resto de los productos de la empresa. Yo no estoy tan convencida —reconoce, buscando mi mirada por primera vez desde que empezamos esta conversación.

—Ganarías mucho dinero, pero perderías la esencia de tu empresa.

—Lo sé —suspira—. Pero, Sarah, si filtras esa información ahora mismo, antes de que el consejo tome una decisión, será el peor de ambos mundos para nosotros. No conseguiremos firmar ningún contrato con agencias respetables y solamente algunos gobiernos con una ética dudosa estarían interesados. Y nuestras acciones caerían en picado. Posiblemente, tendríamos que cerrar la empresa.

—Eso sin contar con que deberías informar a la SEC, al Departamento de defensa y a algún otro organismo —añado.

—Serías la primera persona en saber la decisión que toma el consejo. En cuanto salga de la reunión te llamaría para informarte. La exclusiva sería tuya sea cual sea el acuerdo. Sarah, toda mi vida está en esta empresa.

Aparta su mirada y me sorprende ver esos ojos azules humedecidos, aunque se esfuerza por contener las lágrimas. Traga saliva antes de continuar.

—No te pido que no escribas tu historia. Tan solo… ¿podrías posponerlo unos días hasta que el consejo tome una decisión?

Nuestras miradas se cruzan de nuevo y soy incapaz de apartar mis ojos de los suyos. Perdida en esa inmensidad azul, la observo, tratando de estudiar cualquier detalle que me indique que ese repentino momento de vulnerabilidad no es auténtico. Tiene la fama de no tener sentimientos, de ser una reina de hielo, pero el hecho de que parezca que le molesta haberse sentido vulnerable ante mí, me indica que es real. O quizá es lo que mi corazón quiere creer, porque me parece jodidamente sexy.

—Vale, está bien —admito entornando los ojos y dejando escapar un largo suspiro de resignación—. Pero no tardes mucho en decidir, por favor, porque mis jefes me están presionando.

—Muchas gracias —suspira y todo su cuerpo se relaja antes de besar mis labios.

Su respiración se acelera ligeramente y su mirada se centra en mi escote. Antes de que quiera darme cuenta, se sienta a horcajadas sobre mis piernas y mis manos aprietan sus nalgas atrayéndola hacia mí.

—Hailey —susurro—. Umm, creo que debería irme a casa.

—¿Estás segura?

—Es lo mejor —admito arqueando las cejas.

Se levanta y sin esperar una respuesta, me pongo apresuradamente la blusa y abandono corriendo su despacho. En cuanto mis pies tocan el pavimento de la acera frente a su edificio, respiro hondo y alzo los ojos al cielo.

—¡Qué puto desastre! —murmuro entre dientes.

Soy gilipollas, joder. No puedo quedarme colgada de una mujer sobre la que estoy escribiendo un artículo. No "un" artículo sino "el" artículo, ese que podría poner mi nombre en la primera página del periódico. El que me haría ganar el reconocimiento de mi profesión.

Lo que debería hacer es escribir un artículo rompedor, destapar su tecnología y el peligro que supone para las libertades individuales. En cambio, me encuentro en medio de un grave conflicto de intereses, de una clara violación de la ética periodística, permitiéndole ganar tiempo solo porque mis bragas se mojan cada vez que la miro.

Soy una profesional, joder, no una adolescente con las hormonas disparadas. Todo esto es una mierda.

Capítulo 9

Hailey

—Estás jugando con fuego —repite Karen por sexta vez esta mañana.

Un sonoro bufido es mi única respuesta mientras me dejo caer en la silla de cuero de mi despacho, recordando la visita de Sarah del día anterior. En realidad, más que un recuerdo es como un pensamiento único, porque no he podido sacarla de mi cabeza. Cada vez que miro mi mesa me la imagino sentada en ella, desnuda, con las piernas abiertas y mi boca en su sexo.

Cuando ya es muy negativa la posibilidad de que salga a la luz nuestra nueva tecnología con su posible venta a agencias y gobiernos, si alguien se entera de que me estoy acostando con la periodista que lo investiga me llevarán directamente a la horca.

—Lo tengo todo controlado, Karen —respondo en el modo más profesional del que soy capaz.

—¿Puedo preguntarte algo?

—Sabes que sí.

—¿Algo personal?

—Que sí, joder.

—¿Te estás acostando con ella solo para que ese artículo no vea la luz? —pregunta muy seria.

—¿Hablas en serio?

—Sabes que te tengo mucho cariño, trabajamos codo con codo desde que eras una mocosa recién salida de la universidad. Aún me recuerdas a aquella joven con un futuro brillante y unas ganas enormes de comerse el mundo. El futuro brillante ya lo has alcanzado con solo treinta y cinco años, pero las ganas de comerte el mundo siguen ahí… y el mundo es demasiado grande para comérselo de una sola vez.

Hago una larga pausa en la que su mirada se cruza con la mía. Karen me observa desafiante, con los brazos en jarra, esperando mi respuesta.

—¿Y bien?

—No —suspiro.

—Hailey Parker, ¿en serio te estás enamorando de la mujer que puede hundir tu empresa?

—No la va a hundir —le aseguro.

—Os va a hundir a las dos, que es todavía peor. Si esto sale a la luz caben dos opciones. La gente puede pensar que tú la estás manipulando para que no publique el artículo o que ella te está manipulando a ti para obtener sexo a cambio de guardar silencio.

—O ambas cosas —añado.

—Pues no tiene ninguna gracia, Hailey, porque como esto estalle, la mierda nos va a salpicar a todos y yo ya estoy mayor para buscar otro trabajo —se queja Karen poniendo los ojos en blanco.

—Para serte sincera, no puedo estar segura al cien por cien de que no escribirá ese artículo antes de que el consejo de administración tome una decisión. Aun así, sabes de dónde vengo, eres consciente de todo lo que he luchado para llegar hasta donde estoy. No voy a dejar que una periodista nos lo arruine todo, ¿de acuerdo?

Karen asiente y sé que, al menos en este instante, mis palabras son ciertas. No tengo ni idea de cuáles serían mis planes si Sarah decide filtrar la historia, pero no voy a caer sin luchar.

Lo cierto es que si Sarah publica ese artículo, hundiría tanto su carrera como la mía. Jamás se podría confiar en ella para una entrevista de prestigio. Es posible que hasta perdiese su empleo, el público se preguntaría hasta dónde están dispuestos a llegar ella y su periódico para conseguir un buen artículo.

En cuanto a mí, sería vista como una especie de *femme fatale* que se aprovechó de una pobre periodista diez años más joven para mantener la reputación de su empresa. Una reputación que, para bien o para mal, está ligada a la mía. Me vería obligada a dimitir o la empresa correría el riesgo de hundirse. Tendría que dar demasiadas explicaciones. Lo más probable es que a partir de ese momento, tan solo nos quedasen clientes de dudosa reputación, aunque siguiésemos adelante con la decisión de vender la nueva app.

Joder, he salido de la nada, del sistema de casas de acogida. He luchado por ser siempre la mejor en todo lo que hice. Llegué a la universidad con una beca deportiva y las mejores notas. Desarrollé la primera versión de la app quitando horas de sueño. He tenido que aguantar a innumerables imbéciles con dinero, mendigando sus fondos para financiar la empresa. Ahora que la tengo no voy a renunciar a ella. Es mi prioridad absoluta, por encima de todo. Eso nunca cambiará.

Capítulo 10

Sarah

Mi pie golpea el suelo con impaciencia a la espera de que se imprima la última página del artículo. Dejo escapar un suspiro cuando finalmente se desliza por la bandeja de la impresora. Con un nuevo vistazo a mi alrededor, me aseguro de que no hay nadie cerca antes de colocarla detrás de las otras diez hojas.

Es una manía que no consigo quitar. Mis compañeros no dejan de repetirme que no es necesario imprimir para corregir algo, que malgasto papel y energía. Sé que no contribuyo a la conservación del medioambiente, pero no puedo hacerlo de otro modo.

De alguna manera, tenerlo entre mis manos me conecta con lo que escribo. Necesito tomar notas en los márgenes, hacer círculos en las palabras, subrayar frases con varios colores. No sabría explicarlo, pero el papel consigue que la historia sea más real, logra que deje de ser solamente palabras en una pantalla.

Me siento de nuevo en mi mesa y paso las hojas lentamente mientras un sentimiento agridulce se apodera de mí. He trabajado muy duro para escribir este artículo. He dedicado un gran número de horas a investigar toda la información disponible sobre el asesinato de Lea Baillee. He corroborado la información de Ken'ichi Hiramatsu, hablado con la propia Hailey sobre su tecnología.

No se trata tan solo de un artículo sobre una aplicación de rastreo que ha permitido a un perturbado asesinar a su expareja. Se trata de la capacidad potencial de este tipo de tecnología para controlar a los individuos, para establecer un estado dictatorial en el que las libertades individuales se vean severamente mermadas.

La entrevista con Hiramatsu ha sido como para poner los pelos de punta. No solo me dejó muy claro que, en determinadas circunstancias, podría violar la cuarta enmienda de nuestra constitución, sino todos los problemas que puede ocasionar si cae en las manos equivocadas. Llevada a sus extremos, la tecnología que Hailey ha desarrollado es propia de una novela distópica.

Y cuantas más veces lo leo, más me gusta. Quiero mantener los pies en la tierra, aunque soy consciente de que este artículo merece no solo la primera página del periódico, sino posiblemente algún que otro premio. Sonrío y sacudo la cabeza tratando de descartar esa idea, no quiero hacerme tantas ilusiones y luego llevarme un desengaño, al fin y al cabo es el primer reportaje de investigación que firmo con mi nombre.

Aun así, estoy muy orgullosa. He planteado preguntas muy relevantes y dado respuesta a muchas de ellas. Sobre todo, el artículo debe generar dudas en los lectores y hacerles reflexionar sobre los límites de la tecnología. ¿Hasta qué punto estamos dispuestos a ceder nuestros derechos y libertades individuales incluso a cambio de una mayor seguridad? Publicarlo será un paso importantísimo en mi carrera. Me daría a conocer con tan solo veinticinco años.

Y, sin embargo, le he prometido a Hailey esperar. Francamente, en condiciones normales me importaría una mierda. Puede que la idea inicial de la tecnología de Apurva persiguiese un objetivo noble, pero debían ser conscientes de los peligros que algo así podía ocasionar.

Desde luego, ahora lo saben y, aun así, su consejo de administración debatirá si la ofrecen al mejor postor. ¿Quién sabe en qué manos acabará? ¿Cuántas vidas podrá controlar de ser adquirida por un estado dictatorial?

Deseo creer que Hailey luchará para que eso no ocurra. Ella creó una aplicación con la seguridad de las mujeres en mente y más tarde construyó un próspero negocio alrededor de esa tecnología. Trabajó muy duro y quiero pensar que realmente se preocupa por la gente. No busca tan solo el dinero.

No quisiera estar en su piel cuando se enfrente al consejo de administración. Dirige una empresa de éxito y debe hacer todo lo necesario para que triunfe. Si no le importase, ya habrían aprobado la venta de su inteligencia artificial, habría vendido las acciones y viviría a todo lujo en algún lugar paradisiaco con muchos más millones de los que ya tiene. Pero su empresa es su vida y en el fondo, sé que eso la destrozaría.

—¿Alguna novedad?

Me apresuro a guardar el documento bajo mi pila de carpetas al observar que mi redactor se acerca a la mesa. Coge una silla y se sienta a mi lado, lo suficientemente cerca como para que nadie escuche nuestra conversación.

—¿Cómo va la historia? ¿La has terminado? —pregunta mirándome por encima de sus gafas.

—Todavía debo comprobar una serie de datos —respondo, tratando de mantener la calma para que mi voz no se quiebre, aunque no sé si lo estoy consiguiendo—. No queremos que el artículo salga con información errónea y acabar con una demanda judicial —agrego encogiéndome de hombros.

No estoy necesariamente mintiendo, es cierto que me gustaría comprobar un par de datos y revisarlo un poco más a fondo. Tampoco estoy siendo sincera, la historia podría publicarse tal y como está, solo que no quiero hacerlo. Se lo he prometido a Hailey.

¿Por qué comprometo mi carrera profesional por una mujer a la que apenas conozco? Al fin y al cabo, prácticamente toda nuestra relación se ha basado en el sexo. Ni yo misma lo sé.

—Bueno, solo quería que supieses que esa historia tiene el potencial de ser enorme. Es lo que los lectores buscan, una engreída empresaria de éxito cayendo en desgracia por buscar más millones a costa de las libertades de los ciudadanos. Lo tiene todo para ser un éxito. Si cumple las expectativas, tu puesto de trabajo está asegurado en el periódico —añade, colocando una mano sobre mi hombro y apretando ligeramente.

Al levantarse de la silla para regresar a su despacho, me sonríe y le devuelvo la sonrisa casi por obligación, esperando que no se me note demasiado que le he mentido. Al menos, espero que crea que mi falta de reacción a sus palabras es fruto del nerviosismo ante un artículo de ese calado.

Es curioso las vueltas que puede dar la vida. Si no hubiese seguido a Hailey a ese café, si no me hubiese acostado con ella, si hubiese hablado directamente con Ken'ichi Hiramatsu, las cosas serían ahora muy diferentes.

Sin embargo, sé que en el fondo no quiero esa realidad. Posiblemente, no llegue a nada con Hailey, quizá lo nuestro se quede en un par de ocasiones más de sexo y no nos volvamos a ver, pero quiero pensar que me alegro de haberla conocido.

Capítulo 11

Hailey

La tenue luz de las lámparas de papel que iluminan el restaurante proyecta una cálida sombra sobre la mesa de madera oscura. Los faroles rojos y dorados parecen danzar, los observo casi hipnotizada, sentada en el suelo sobre un fino cojín de seda bordada. El tiempo corre lento en el reservado que he solicitado para cenar con Sarah.

La puerta se abre y por un instante, el bullicio de la ciudad de Nueva York parece colarse en este santuario de calma. Joder, es preciosa. Al verme, su sonrisa ilumina literalmente el espacio, como si acabase de nacer una estrella. Si tuviese que quedarme con solo una cosa de ella, elegiría esa sonrisa.

—¿Voy a tener que comer en el suelo? —pregunta alzando las cejas y señalando la falta de sillas.

—Es mucho más cómodo de lo que parece, te lo aseguro. Además, tiene propiedades muy beneficiosas, es más sano que hacerlo en una silla.

—Me estás vacilando, ¿verdad?

—En absoluto. ¿Haces yoga?

—¿Me ves con pinta de hacer yoga?

—No sabía que hubiese una pinta determinada para la gente que hace yoga —añado confusa.

—No, soy demasiado patosa para el yoga —admite, señalando divertida a su cuerpo.

—Si te sientas con las piernas cruzadas, puedes adoptar una postura de *sukhasana,* que aumenta el flujo sanguíneo y ayuda a digerir los alimentos —le explico, mostrando cómo me he sentado sobre el fino cojín.

—A veces se me olvida que tu expediente académico es perfecto.

—¿Has investigado mis años de universidad? —pregunto sorprendida.

—Soy periodista, es mi trabajo.

—Entonces tengo pocos secretos para ti —susurro cogiendo su mano.

Y en cuanto siento su piel sobre la mía, se me forma un cosquilleo en la parte baja del vientre. Nunca me había pasado nada similar con ninguna otra mujer y empiezo incluso a estar algo preocupada, porque no sé si es bueno o significa una peligrosa distracción. Es como si un vínculo invisible nos uniese y se hiciese más fuerte con cada risa compartida o cada mirada.

— *Dōmo arigatō* —agradezco en cuanto la camarera nos entrega los menús.

—¿En los dos años que has vivido en Japón, te dio tiempo a aprender japonés? —pregunta Sarah sin ni siquiera mirar la carta.

—Me defiendo bastante bien, pero tampoco creas que lo hablo con fluidez. Pero sí, supongo que sí puedo decir que hablo japonés —admito encogiéndome de hombros.

—Pues entonces, creo que dejo la elección en tus manos —indica Sarah levantando mi mano para besarme los nudillos.

—*Omakase ryoori* —le indico a la camarera, entregándole los menús.

—¿Qué has pedido? —susurra Sarah acercándose a mí.

—Le he dicho que dejo la elección en manos del chef. Es algo típico en Japón. Además, vengo mucho a este restaurante, así que nos tratarán bien, no te preocupes —le aseguro.

Sarah sonríe. De nuevo, una maravillosa sonrisa que me hace temblar cada vez que se forman esos hoyuelos a ambos lados de la boca. Mientras esperamos nuestra comida, no puedo evitar observar la meticulosa atención de cada detalle del restaurante: la suave textura del tatami bajo nuestros pies, la cerámica artesanal en la mesa, la exquisita caligrafía en las paredes. Cenar aquí es una experiencia cara, pero vale cada dólar que se paga por ella.

—Me están matando las piernas y todavía no hemos ni empezado a comer —se queja Sarah.

—Estíralas —sugiero.

Pronto, siento su pie desnudo acariciándome por debajo de la mesa.

—Abre las piernas —susurra.

—Estás loca.

—Hazlo, estamos en un reservado, nadie se va a enterar —insiste.

Hago lo que me pide y mi corazón se salta varios latidos al sentir el dedo gordo de su pie presionando mi sexo.

—Joder, para, Sarah —me quejo nerviosa.

—Dime que no te gusta.

—Claro que me gusta, pero no podemos hacer esto aquí —protesto nerviosa mientras acaricio su pie y me froto con disimulo con él.

Por suerte para mí, la camarera aparece con una bandeja de *nigiris* colocados sobre una hoja de bambú, y evita que tenga un orgasmo en pleno restaurante.

—Nunca te había visto tan roja —bromea Sarah divertida.

—Te voy a matar, no puedes hacerme eso en un sitio público.

—Tienes que dejarte ir más a menudo. Imagina que sigues en la universidad, déjate llevar.

—Tampoco te creas que me dejé llevar mucho en la universidad. Tenía una beca que mantener —le explico.

—¿Sigues corriendo?

—No.

—Tiene que ser increíble estar a punto de ir a unos juegos olímpicos, ¿no? —pregunta alzando las cejas.

—No llegué a ir, que supongo que es lo que cuenta. El atletismo me pagó la universidad y le estoy muy agradecida, pero el deporte de alto nivel tan solo te deja cicatrices. Son heridas que no curan jamás y no me refiero a nada físico, sino mental. No sé si merece la pena, de verdad —reconozco, recordando el sufrimiento de cada entrenamiento y los disgustos que me llevé en alguna de las competiciones.

—No te preguntaré más, entonces —expone levantando las manos antes de coger sus palillos para comer.

—*Itadakimasu*.

—¿Qué has dicho ahora?

—Es una especie de agradecimiento por la comida. Se suele decir antes de empezar a comer —le explico—. Y por favor, no vuelvas a mezclar el wasabi con la salsa de soja. Además de que no tiene sentido porque te pierdes los matices de sabor del wasabi, en Japón está mal visto hacerlo.

—¿Me vas a dejar disfrutar de la comida? Joder, es que pareces la Wikipedia —se queja Sarah llevándose una mano a la frente y negando divertida con la cabeza—. Te lo digo en broma, no te enfades —añade al ver que me he quedado muy seria.

—Con lo que decías antes de dejarse llevar y hacer locuras de vez en cuando… realmente, te envidio. Yo doy la imagen de ser súper decidida, pero en el fondo siempre he hecho lo que se esperaba de mí.

—¿En qué sentido? —pregunta mientras mete un nuevo trozo de comida en la boca.

—Siempre he intentado ser la número uno. En todo; en el deporte y en los estudios —le explico, dejando escapar un ligero suspiro de resignación.

—Mira dónde te ha llevado, no te quejes.

—También me he perdido muchas cosas —admito.

—¿Cómo bañarte desnuda en una playa? ¿Follar en los baños de un restaurante? ¿Ese tipo de cosas? —bromea.

—Sí, ese tipo de cosas —repito, mi voz solamente un susurro.

—¡Joder, qué bueno está esto! —exclama de pronto—. ¿Qué es?

—Sashimi de toro. Es un corte especial de la ventresca que tiene infiltraciones de grasa muy uniformes que le dan un aspecto casi como si fuese mármol. Imagina las infiltraciones de grasa en un buen jamón de jabugo, pues eso en atún —le explico.

—Buah, es que se deshace en la boca. Es increíble. Creo que me puedo acostumbrar a cenar contigo —agrega guiñando un ojo.

—Me encanta cómo disfrutas de la comida.

—Es que no estoy tan acostumbrada a estas cosas como tú, supongo —bromea—. De todos modos, me gusta encontrar la belleza en cada detalle y la comida no es una excepción. Realmente, lo que de verdad me gusta es el arte. De pequeña quería ser escritora y pintora. Ser periodista es lo más cerca que estaré de escribir.

—Nunca se sabe. Y en cuanto a la belleza… creo que la tengo delante de mí.

—Se te da fatal ligar —bromea, atragantándose con la copa de agua.

Nos quedamos en silencio, nuestros dedos entrelazados por encima de la mesa y mi mirada perdida en la suya, cuando de pronto, sus ojos parecen iluminarse y esa sonrisa que empieza a ser mi perdición regresa a su boca.

—Levántate, vamos al baño un momento —propone.

—Está al fondo a la derecha.

—Eres medio tonta. No necesito hacer pis, te voy a follar —susurra y siento que se me pone roja hasta la punta de las orejas.

Con las piernas temblando, la sigo hasta los servicios como si fuese una adolescente que va a recibir su primer beso.

—Joder, da gusto entrar en los baños de un restaurante de lujo. Está todo limpio, si supieses en los sitios que he estado…

Justo cuando voy a responder, me mete en uno de los cubículos y me empuja contra la pared, cerrando la puerta. Frota su cuerpo contra el mío, buscando mi boca con urgencia, su respiración jadeante. Hago un levísimo intento de quejarme, pero pronto me encuentro pegada a su cuello, percibiendo el olor de su champú mientras Sarah cubre de besos el mío. Recorre el camino de la yugular con la punta de su lengua, haciéndome temblar de deseo.

Sus manos desabrochan con prisa mi cinturón, bajando de un golpe mis pantalones junto con la ropa interior hasta las rodillas. Totalmente excitada, tan solo consigo gemir y agarrar sus nalgas entre mis manos.

Mientras muerde el lóbulo de mi oreja y desliza la punta de los dedos entre mis piernas, trato de escuchar al mismo tiempo sus jadeos y cualquier otro ruido que me indique que alguien ha entrado en el baño.

Lucho por no dejar escapar ningún gemido, pero me está volviendo loca.

—Para, por favor. Puede venir alguien —me quejo, aunque no pretendo ser demasiado convincente.

—Pues entonces no hables. Esto no forma parte de nuestra cita romántica, solo te voy a follar hasta que te corras y vamos a salir de aquí —susurra junto a mi oído, consiguiendo que se me ericen los pelos de la nuca.

Ya no puedo pensar. Tan solo logro concentrarme en sus dedos resbalando entre mis labios, en su lengua en mi cuello, en su olor. Y lo peor es que ya ni siquiera me importa si alguien entra, hasta el punto de que Sarah me tapa la boca con su mano libre para acallar mis gemidos.

Cada vez que sus dedos presionan mi interior, la palma de su mano roza mi clítoris, haciendo que me estremezca de placer.

—Date la vuelta —ordena.

—Estás loca, joder.

Pero obedezco sin rechistar. Hay algo en la actitud dominante de esta mujer que me vuelve loca de deseo. Apoyo las manos en la pared del baño, abriendo las piernas todo lo que mis pantalones me permiten, cuando siento un pequeño azote en el culo.

—¿Estás excitada?

—Mucho.

—¿Te gusta?

Antes de que pueda responder sus dedos me penetran de nuevo, presionando hacia abajo mientras siento que se va formando un orgasmo en mi interior. Me muerdo el labio inferior con fuerza para no gritar, aunque no puedo evitarlo y se me escapa un gemido que espero que no se haya escuchado en el restaurante.

—Buena chica —susurra a mi oído antes de besarme en el cuello.

Sin decir otra palabra, coge papel higiénico y me ayuda a limpiar mi excitación, antes de subir mis pantalones y abrocharlos.

—Creo que va siendo hora de que volvamos. Suerte que no has tardado mucho —suspira, deslizando la punta de sus dedos por mi boca.

Apenas puedo reaccionar, se lava las manos y la sigo hasta nuestra mesa en silencio. Ejerce una atracción extraña sobre mí. Una atracción que me sorprende, pero que me encanta.

Al llegar a la mesa, ya se encuentra sobre ella un sorbete de yuzu. Su mezcla de sabores cítrico y dulce es tan apasionada como el sexo que acabamos de tener, aunque a mí ya me da igual lo que me traigan para cenar. Tan solo puedo pensar en los dedos de Sarah en mi interior mientras jadeaba junto a mi oído.

Capítulo 12

Sarah

La primera luz del amanecer se cuela por las rendijas de las persianas. Me despierto en un lugar que no es mi hogar, mientras la sábana se desliza suavemente sobre mi piel desnuda al estirarme.

Hailey duerme a mi lado, su respiración pausada y tranquila. Su melena rubia y su tez pálida contrastan con el color oscuro de la almohada y no puedo evitar deslizar la punta de los dedos por su mejilla. Sus ojos se entreabren y una sonrisa se dibuja con pereza en sus labios.

—Buenos días, preciosa —murmura, su voz ronca por el sueño.

—Buenos días, dormilona —respondo, inclinándome para besar su sien.

El dormitorio es casi tan grande como mi apartamento, exquisitamente decorado. De las paredes cuelgan cuadros abstractos que seguramente costarán mucho más de lo que yo gano en varios años.

—¿Tienes hambre?

—¿Esa pregunta tiene doble intención? —bromeo.

—Estás loca, vas a acabar conmigo. Creo que no voy a poder caminar en varios días. Pero, en serio, los sábados me dejan en la cocina una bandeja con cruasanes y cosas de esas. Es todo recién hecho, del café de la esquina —apunta señalando hacia la calle.

—Tiene que ser increíble levantarse por la mañana y ver el Central Park por la ventana, ¿no?

—¿Por qué no te quedas unos días y lo compruebas tú misma? —propone.

—Es tentador, pero vas un poco rápido, ¿no te parece?

—Lo siento, no tengo experiencia en relaciones. No pretendía asustarte —asegura levantando las manos.

—¿Estamos en una relación? —bromeo alzando las cejas.

—Joder, mejor dejo de hablar —suspira, escondiendo la cabeza entre las manos.

—Ven aquí, tonta —susurro, sentándome junto a ella y pasando un brazo alrededor de su hombro para atraerla a mí—. Estoy muy bien contigo y es muy tierno que consideres que estamos en una relación. Vamos a ir conociéndonos poco a poco, ¿vale? Y ahora, ¿dónde está ese desayuno del que hablabas?

Hailey está demostrando ser muy diferente a la imagen que genera en la prensa. No estoy segura de si es algo que hace a propósito, como un mecanismo de defensa para parecer más dura o si simplemente, la prensa ha malinterpretado sus declaraciones y forma de ser.

Es una mujer divertida, perspicaz. Alguien que te escucha cuando hablas, que se interesa de verdad por ti y por tus opiniones, alguien capaz de empatizar.

En los medios se la presenta como la típica reina de hielo, una CEO despiadada y fría, en cambio, me está demostrando ser cariñosa y apasionada. Tremendamente mimosa y diría que hasta a veces, vulnerable. Creo que es una buena persona.

Esta mañana, al despertarme, mientras la observaba dormir, he tomado la decisión. No presentaré la historia al periódico. Hailey es contraria a vender la nueva app o al menos, le gustaría venderla solamente a agencias o cuerpos de seguridad muy elegidos. Aquellos con los que se sienta segura de que no van a aprovechar esa tecnología para limitar las libertades individuales.

Espero que su opinión prevalezca en la reunión del consejo de administración. En cualquier caso, su empresa no merece ser destruida y ella no merece que la prensa se le eche encima y traten de hundir su reputación. Ahora no tengo dudas de mi decisión, le diré a mi redactor jefe que no he podido comprobar parte de los datos y que lo he abandonado para no exponernos a una demanda judicial.

—¿Estás segura de que tienes que marcharte? —pregunta recién salida del baño, secándose la melena con una toalla.

—Lo siento, debo visitar a mi padre. Podemos vernos mañana si te apetece —sugiero, mirando de arriba abajo su cuerpo desnudo y maldiciendo el momento de marcharme.

—Ya sabes que me apetece —susurra, acercándose para besar mis labios.

—Mejor me voy —suspiro mientras coloco una mano en su pecho para que no siga con sus mimos. Sé muy bien cómo vamos a acabar si no lo paro de inmediato.

Es sábado y la carretera hasta la casa de mi padre está casi desierta, así que hago el trayecto en poco más de treinta minutos, algo que normalmente me llevaría al menos una hora. Al abrir la puerta, le veo sentado en un sofá, viendo un partido de tenis en la televisión.

—¿Hoy no hay videojuegos?

—No, estoy muy cansado como para levantarme de aquí —protesta, dejando escapar un largo suspiro de resignación.

Normalmente, cuando le visitaba los sábados, le solía encontrar en su despacho, con la última versión de algún simulador de vuelo. Últimamente, le cuesta hasta caminar veinte metros hasta el otro extremo de la casa.

Cuando empezó a sentir cansancio, no le dimos mucha importancia, siempre fue bastante sedentario y se alimenta mal. Sin embargo, pronto se hizo evidente que no era normal esa debilidad en piernas y manos en un hombre de cincuenta y cuatro años, así que acudimos hace seis meses al médico.

Tras una serie de pruebas, le diagnosticaron ELA y el mundo se nos vino abajo. Él se lo tomó mucho mejor que yo, recuerdo que me tuvieron que dar una pastilla para calmarme. El doctor nos explicó que la evolución de la enfermedad es asimétrica y muy variable. A veces, puede presentarse de manera lenta con períodos de estabilidad. Otras veces se acelera.

Mi padre se mudó a esta casa al divorciarse de mi madre, cuando yo tenía doce años. Me quedé con mi madre en Orlando, aunque venía a menudo a Nueva York para visitarle, sobre todo en los veranos. Todavía recuerdo el miedo que pasé en mi primer vuelo en avión, yo sola y con un cartelito colgado del cuello con mi nombre, mi destino y los datos de la persona que me tendría que recoger. Poco a poco me fui acostumbrando, pero en ese primer vuelo lloré hasta que no me quedaron más lágrimas.

—¿Conoces alguna buena serie para ver en Netflix? —pregunta—. Me estoy quedando sin ellas.

Yo no tengo mucho tiempo para ver la televisión, pero últimamente los sábados, cuando vengo a visitarle, nos pasamos una gran parte del tiempo viendo series y comentándolas. Me hace gracia que todas le gusten, independientemente de si son buenas o malas.

En otras ocasiones, se queda dormido en medio de un capítulo y simplemente le observo. Está llevando su enfermedad mejor que yo misma, parece haberla aceptado. Yo pasé los primeros meses envuelta en una profunda tristeza que se llevó por delante mi relación. A menudo sufría ataques de ansiedad, no quería reconocer lo que ocurría. Ahora estoy mejor y con Hailey empiezo a ver la posibilidad de una nueva relación.

Supongo que debo pasar por un proceso de aceptación silenciosa de la enfermedad de mi padre. Su esperanza de vida puede no ser larga y sé que será muy duro ver cómo su cuerpo se deteriora. Creces pensando que tu padre es un gigante que todo lo puede y es horrible verle así con tan solo cincuenta y cuatro años, sobre todo, sabiendo que solo puede ir a peor.

Mi madre murió en un accidente de tráfico hace cinco años, iba puesta hasta arriba de drogas y alcohol. Tomó muy malas decisiones en su vida y, aunque suene duro decirlo, posiblemente sea lo mejor que le pudo ocurrir. Aun así, no estoy preparada para quedarme sin padres antes de cumplir los treinta.

A las siete de la tarde, cuando aparece María, la cuidadora que se queda con él durante la noche, le doy un beso en la frente y me despido hasta la siguiente semana.

—Perdone, busco a Abe Davis —interrumpe un hombre flaco de mediana edad, justo cuando estoy a punto de abrir la puerta del coche.

—Soy Sarah Davis, Abe Davis es mi padre —le explico—. ¿Qué necesita?

—Buenas tardes, mi nombre es Matt Johnson, coordinador de facturación del Hospital Watson Memorial en Manhattan. Hemos intentado ponernos en contacto con su padre pero no responde. Usted aparece como contacto de emergencia, aunque su número está siempre apagado o fuera de cobertura.

Se me forma un nudo en el estómago al escuchar el nombre del hospital. Allí es donde tratan a mi padre. Para complicar más las cosas, Jackie Stone, mi ex, ha empezado a trabajar allí de residente. Nos llevamos bien, pero a veces resulta doloroso cruzármela por los pasillos. Nunca he podido agradecerle todo lo que me tuvo que aguantar. En cuanto a mi número de teléfono, con el caos que esta enfermedad ha generado en mi vida, se me ha olvidado actualizar los datos con el nuevo.

—El caso es que el médico le recetó Riluzol, que requiere, como sabe, frecuentes controles. Su seguro médico tiene un copago para ese tipo de controles y, por desgracia, nos han informado que no pagarán más hasta que cubráis el dinero que debéis. Siento ser portador de malas noticias —se disculpa el hombre, y su mirada parece sincera—. El seguro dice que ha hablado en repetidas ocasiones con su padre y que se niega a pagar, incluso les ha insultado.

—Típico de mi padre —suspiro, llevándome una mano a la frente—. ¿A cuánto asciende el pago?

—Algo más de cinco mil dólares. Le traigo toda la documentación en esta carpeta —añade mientras estira el brazo para hacerme entrega de una carpeta marrón algo doblada.

—¿Hay algún tipo de plan de pagos o algo similar? —pregunto con miedo, sabiendo que ni mi padre ni yo tenemos ese dinero en este momento.

El coordinador del hospital niega lentamente con la cabeza y alza las cejas como queriendo indicar que lo siente mucho.

—¿Cuándo tendría que efectuar ese pago?

—Antes de la próxima visita que es… —el hombre hace una pausa para comprobar unos papeles antes de responder—. Dentro de tres meses.

—Gracias —suspiro.

Me quedo parada, apoyada en la puerta de mi coche mientras le observo incorporarse lentamente a la carretera y perderse en la lejanía.

Mi padre todavía está haciendo frente a la hipoteca de la casa y el saldo de mi tarjeta de crédito se ha ido a la mierda por los gastos de veterinario de su perro. Tampoco hay mucha posibilidad de que con mi sueldo me concedan un crédito. Podría contar con la prima del artículo si se publica, pero eso sería traicionar a Hailey. O pedirle el dinero prestado, aunque lo último que quiero que piense es que estoy con ella de manera interesada. Joder, ¡qué mierda!

Capítulo 13

Hailey

Mi mente divaga mientras acaricio distraídamente la mesa de caoba maciza de mi despacho. Ha costado una fortuna, pero ha merecido la pena, su superficie lisa y pulida resplandece bajo la tenue luz de la lámpara de Tiffany.

Normalmente, un sábado a estas horas estaría disfrutando de la compañía de algún ligue de una noche a la que habría conocido en alguna app de citas. En cambio, aquí estoy, en el despacho de mi casa, escribiendo un email tras otro a los directores de departamento y revisando las cifras económicas de la empresa. Desde que he conocido a Sarah, ni siquiera pienso en esas apps de citas.

Una suave brisa entra por la ventana entreabierta, agitando las cortinas de lino blanco que enmarcan el paisaje nocturno de Nueva York, con sus miles de luces de neón. En la calle, el murmullo de los coches y las sirenas no descansa jamás. La ciudad nunca duerme.

Mis ojos escanean las largas columnas de cifras en una danza silenciosa de ingresos y gastos, de porcentajes y ratios. Quiero que todo esté preparado para la reunión del consejo de administración del lunes.

Anoto las cifras principales sobre el papel y el tacto de la pluma me devuelve lejanos recuerdos de Jules. Me regaló esa pluma Montblanc edición especial William Shakespeare por mi cumpleaños, cuando salíamos juntas. Solo la uso en ocasiones especiales. Su plumín en oro de dieciocho quilates ofrece un tacto muy diferente. Escribir con ella otorga una sensación casi terapéutica, una unión entre mi mente y el mundo tangible.

En una de las esquinas del despacho, un elegante minibar de madera oscura contrasta con el sillón de lectura en cuero marrón, testigo silencioso de incontables horas de trabajo y reflexión. Sobre la mesa, a mi lado, el vaso de whisky desprende un aroma penetrante.

Justo cuando estoy a punto de responder a un nuevo correo electrónico, el sonido del teléfono móvil rompe mi concentración. En la pantalla parpadea el nombre de Jacob Harmon y todo mi cuerpo se pone en alerta de inmediato.

El viejo inversor es lo más parecido que he tenido a un padre. Durante mucho tiempo, y a pesar de la diferencia de edad, también lo más parecido que he tenido a un verdadero amigo. Sus palabras son siempre un faro de sabiduría en medio de un océano de desafíos empresariales.

Al igual que la pluma con la que estoy escribiendo, le debo a Julia haberle conocido. Es una auténtica leyenda en el mundo de los fondos buitre, temido e idolatrado a partes iguales entre sus compañeros y competidores.

—Jacob, buenas tardes —saludo.

—Hailey, sé que es sábado y que son casi las diez de la noche, pero necesitaba hablar contigo. Espero no interrumpir ninguna de tus citas —añade, su voz suena cansada aunque decidida.

—En absoluto, me pillas preparando la reunión del consejo del lunes.

—Justamente de eso quería hablarte, debo comentarte las posibilidades financieras de seguir adelante con la nueva tecnología. Lo he comentado con gente de mi entorno y están dispuestos a ofrecer cantidades obscenas de dinero por las acciones. No te preocupes, su discreción es absoluta.

—Lo sé, Jacob. Sé que económicamente es una oportunidad única, de esas que no se repiten, pero me sigue preocupando la parte ética —protesto con un largo suspiro.

—Es una empresa, Hailey, las empresas están para ganar dinero.

—No lo sé, supongo que tienes razón —concedo sin estar convencida, mi mente repasando a toda velocidad las cifras económicas.

—Hagamos una cosa. Mañana por la tarde debo ir a un acto en el Madison Square Garden. Es para unos premios que dan a las personalidades que más han hecho por mejorar las condiciones de vida de los ciudadanos de la ciudad.

—¿Y te van a dar a ti uno de esos? —interrumpo entornando los ojos.

—No, ya sabes que yo tan solo mejoro mis condiciones de vida y las de unos pocos que ya tienen mucho dinero —bromea el viejo inversor—. En cualquier caso, una de mis empresas patrocina esos premios. No es que tenga ningún interés, pero debo estar bien con el alcalde. ¿Qué te parece si nos vemos allí y charlamos en un entorno neutral? Trae a alguien contigo, a una de esas modelos con las que sales a veces, siempre es bueno dejarse ver de ese modo.

—Ahora tengo una relación más o menos seria, Jacob —le explico.

Entiendo que tiene ya unos cuantos años y ha sido educado en otro tipo de valores, pero me cuesta aceptar algunos de sus comentarios sobre las mujeres. Para él y alguno de sus compañeros, llevar a una mujer hermosa al lado es algo así como un signo de que las cosas te van muy bien.

—Pues llévala al acto. Así me la presentas.

—¿Estará Jules? —pregunto sin saber por qué.

—Julia acudirá a la reunión del lunes directamente desde Vermont. Ya sabes que desde que le compró el hotelito ese a su novia se ha ablandado un poco.

Prefiero no responderle. Sé que para Jacob ha sido una gran decepción. Jules era su ojito derecho, la que un día le sucedería y ha cambiado al conocer a Kate. Sigue siendo jodidamente buena en su trabajo, pero ha empezado a pensar en las consecuencias de sus decisiones en otras personas cuando su fondo compra una empresa en crisis. Para Jacob, eso es ablandarse.

—Bien, allí estaré —le aseguro.

Tras colgar el teléfono, deslizo mis dedos por la pantalla en busca del número de Sarah y me invade una sensación extraña de nerviosismo.

—¿A qué se debe esta llamada inesperada? —pregunta en tono de burla.

—Quería proponerte algo.

—Tú dirás.

—Mañana debo acudir a un acto benéfico en el Madison Square Garden. ¿Te apetece venir? —propongo.

—Suena bastante pijo.

—También lo era el restaurante japonés y te gustó la comida.

—Y los baños —bromea—. Especialmente los baños. Si me aseguras que los visitaremos juntas, te acompaño sin dudar. Sería un puntazo tener un orgasmo en los baños del Madison Square Garden.

—Joder, estás loca —suspiro, llevándome una mano a la frente al escuchar su comentario—. Me acabas de poner muy nerviosa, pero mañana habrá demasiada gente conocida como para hacer algo así —agrego bajando la voz a modo de disculpa.

—Sabes que te estoy tomando el pelo, ¿verdad? Cuenta conmigo para mañana, y gracias por acordarte de mí —responde enviando un beso a través del teléfono que me produce un cosquilleo en la parte baja del vientre.

**

—Estás preciosa —exclamo cuando mi limusina se detiene para recoger a Sarah.

—Gracias, es lo único que tengo que se pueda llevar a un evento de ese tipo —admite encogiéndose de hombros—. Y no es por nada, pero me encanta montarme en este coche, sobre todo por lo del champán gratis.

—¿Preparada para esta noche? —pregunto al entrar en el edificio.

—Por supuesto —responde animada, entrelazando su brazo con el mío mientras nos adentramos en el templo del entretenimiento neoyorquino.

El ambiente es único. La brillante luz de las lámparas juega con las sombras de los asistentes, todos vestidos con sus mejores galas. El murmullo de las conversaciones se mezcla con el sutil aroma de los perfumes mientras numerosos camareros sirven canapés y bebidas con gesto ceremonioso.

—Allí está Jacob, acompáñame —le digo, señalando con la barbilla hacia donde se encuentra mi mentor en animada conversación con algunas de las mayores fortunas de la ciudad.

—¡Hailey! —saluda antes de darme un largo abrazo—. Y tú debes ser Sarah, Hailey habla mucho de ti.

Sarah me mira con los ojos como platos. En realidad, nunca le he hablado de ella hasta hoy y solamente le he dicho el nombre y mencionado por encima que estamos comenzando algo parecido a una relación. Sin embargo, Jacob es un adulador, sobre todo en cuanto ve a una mujer joven.

—¿Cómo os habéis conocido? —inquiere el viejo inversor, al que el hecho de que la gente pueda conocerse por una app de citas le parece de lo más divertido.

—Sarah es periodista —respondo, y observo que su rostro cambia por completo aunque intenta disimularlo.

—¿Os habéis reunido para una entrevista?

—Algo así —respondo mientras Jacob ladea la cabeza y me mira extrañado—. Yo no tenía ninguna intención de concederle una entrevista, pero digamos que me siguió hasta el café que hay frente a la empresa. En ese momento no sabía que era periodista y una cosa fue llevando a la otra, ya sabes —le indico encogiéndome de hombros.

Sonrío a Sarah y ella asiente con las mejillas llenas de comida. Tengo que contener la risa.

—Pero ella sí sabía quién eras tú, ¿estoy en lo cierto? —pregunta Jacob en tono severo.

Sarah traga de golpe la comida en cuanto escucha esa pregunta y da un larguísimo sorbo a su vaso de vino antes de responder. Estoy casi segura de que hubiese preferido que fuese vodka en estos instantes.

—Sí —responde asintiendo lentamente con la cabeza—. Cuando la seguí al café, sabía perfectamente que era Hailey Parker —admite—. Pero no le hice ninguna entrevista, le pedí que me recomendase algún plato que estuviese bueno —bromea encogiéndose de hombros.

—Sándwich de pastrami en pan de centeno —añado y ella sonríe.

Jacob frunce el ceño y no dice nada, aunque tengo bastante claro lo que debe estar pensando.

—Me explicó que era periodista casi de inmediato —respondo antes de dar un trago a mi vaso de whisky.

—Bueno, siempre que hayáis aclarado las cosas entre vosotras y quede claro que no utilizará vuestra cercanía para sacar información, está bien —comenta con un esbozo de sonrisa. A veces odio lo inescrutable que puede llegar a ser.

Capítulo 14

Sarah

En cuanto Hailey termina su vaso de whisky y lo deja en la bandeja de uno de los camareros, se excusa para ir al servicio. Por un momento, estoy tentada a bromear, preguntándole si quiere que la acompañe, pero se pondría nerviosa y no me parece que su mentor tenga un gran sentido del humor.

Así que ahí me quedo, a solas con el señor este que me mira de arriba abajo de forma extraña e inescrutable. Su expresión se ha vuelto de piedra y soy incapaz de captar señal alguna. Lo mismo puede estar desnudándome con la mirada que pensando algún modo de asesinarme.

Observa de manera disimulada la dirección en la que Hailey se ha marchado y se me hiela la sangre en el momento en que se vuelve hacia mí y la expresión de su rostro parece cambiar.

—Te llamabas Sarah, ¿verdad? —pregunta hablando muy lentamente, como si quisiera asegurarse de que entiendo cada palabra.

—Sí, Sarah Davis —respondo, tratando de dibujar mi mejor sonrisa.

—¿Puedo ser honesto contigo?

Vaya, vaya, creo que la cosa no va a acabar bien.

—Adelante —le indico mientras bebo un larguísimo trago de vino, preguntándome a mí misma si quedaría muy mal si me termino la copa de un tirón.

—No me gustas ni un pelo —suelta sin ni siquiera cambiar la expresión.

Joder, casi escupo la bebida, aunque consigo tragármela haciendo un esfuerzo. Quedaría fatal escupir en el suelo pulido, delante de toda esta gente vestida de gala. Eso me da un par de segundos extra para pensar en una posible respuesta.

—Eso sí que es ser sincero —admito.

—Entiendo por qué Hailey puede estar interesada en ti, no hay más que abrir los ojos —apunta como si me estuviese desnudando con la mirada—. Incluso posiblemente seas simpática y puede que hasta inteligente.

—Ya, no te gusta que sea periodista.

—¿Ves? Eres lista —expone con una sonrisa que deja ver unos dientes perfectamente blancos y todos iguales.

Me clava sus profundos ojos azules como si me pretendiese atravesar con la mirada. A pesar de su edad, mantiene un porte distinguido. En su juventud debió ser todo un seductor, aunque su actitud sea la de un gilipollas.

—Lo que más me molesta es que estés utilizando el sexo para llegar a ella —espeta a continuación, dejándome fría.

Me habla manteniendo perfectamente la compostura, cualquiera que esté a nuestro alrededor, podría pensar que me está llamando bonita en vez de lo que me acaba de soltar.

—En ningún momento he utilizado el sexo para acercarme a Hailey —le aseguro, tratando de que no se me note mucho que mis manos tiemblan—. Al principio, cuando intenté que hablase conmigo, se negó en redondo. Supongo que aprendió de usted esa desconfianza hacia los periodistas —añado con un tono de desdén en mi voz.

—Una vez, hace mucho tiempo, cuando aún era joven e inexperto, salí con una periodista. Era como tú. Guapa, perspicaz e inteligente. También despiadada a la hora de conseguir una buena historia. Me hizo creer que era especial para ella, que estaba locamente enamorada. Me lo creí como un tonto. Se acostó conmigo durante dos semanas hasta que consiguió su historia y no le importó cuántas personas pudiesen quedarse sin trabajo, ni el daño que hacía a la empresa. O a mí. Desde ese momento, aprendí la lección. No sois de fiar —concluye chasqueando la lengua.

—Señor Harmon, yo jamás haría daño a Hailey y desde luego, no estoy utilizando el sexo para sacarle información. Es más, me molesta mucho que me lo haya dicho. No sé si llegaré a algo con ella, pero la quiero —añado, sorprendiéndome a mí misma al escuchar mis propias palabras.

—Ya, ya —bufa, haciendo un gesto con la mano como si estuviese espantando una mosca—. Lo mismo me dijo la cabrona aquella hace muchos años y casi acaba con mi carrera.

—Señor Harmon, yo...

—No te puedes ni imaginar lo que me costó restaurar mi reputación después de aquello. No voy a dejar que Hailey repita el mismo error y espero que no te haya contado ya nada importante. Hailey lo ha sacrificado todo por esta empresa, incluyendo su vida amorosa. Ahora, cree haber encontrado a alguien especial y es solamente una artimaña para sacarle información. Los periodistas no tenéis límites a la hora de conseguir una exclusiva que os lleve a la primera página.

Se me encoge el estómago como si me hubiesen dado un puñetazo. En condiciones normales, le habría cruzado la cara de un tortazo, o bañado con el poco vino que queda en mi copa, pero no quiero organizar un numerito en una gala benéfica. Seguramente, acabaría pasando la noche en algún calabozo y mañana estaría sin trabajo. Además, es el mentor de Hailey y uno de los principales accionistas de su empresa.

—¡Joder, esto es increíble! —escucho detrás de nosotros.

Ambos nos giramos con sorpresa para ver a Hailey enfadadísima. Si las miradas matasen, ahora mismo, este hombre estaría retorciéndose de dolor en el suelo.

—Creo recordar que alguna vez nos has dicho a Jules y a mí que no dejásemos que ningún hombre nos trate con desprecio y ahí estás, prácticamente llamando puta a mi novia —ladra alzando la voz mucho más de lo que sería conveniente en este lugar y atrayendo la mirada de varios grupos de personas.

Aun así, escuchar la palabra "novia" salir de sus labios y ver cómo se enfrenta a su mentor por mí, ha conseguido que, de pronto, me tiemblen las piernas.

—Hailey...

—¡No me interrumpas, joder! No soy ninguna niña, he conseguido mucho por mi cuenta. He salido de la mierda para llegar donde estoy ahora y no necesito que me digas lo que puedo o no puedo hacer o con quién me puedo ir a la cama.

El viejo inversor abre la boca un par de veces, pero opta por quedarse callado.

—¡Vámonos de aquí, Sarah! —exclama, cogiéndome de la mano y tirando de mí para abandonar el edificio, cosa que agradezco con todo mi corazón.

Capítulo 15

Hailey

En el trayecto de vuelta a casa, lo único que se escucha son los ruidos del tráfico neoyorquino, las bocinas de los coches y las sirenas. Dentro de la limusina, el silencio entre nosotras es estremecedor, tan solo roto muy de vez en cuando, por el tintineo de las copas en el minibar.

No me lo puedo creer, joder. Estoy tan cabreada que ni siquiera puedo expresar lo que pienso sin caer en divagaciones, así que prefiero no decirle nada a Sarah. Simplemente, me siento en el coche y miro como una boba al cristal tintado que tengo delante.

—Umm —interrumpe Sarah de pronto, y mi tensión se disipa al observar sus ojos. Parece un cachorro asustado—. Siento mucho haber sido fuente de conflicto entre tu mentor y tú. Sobre todo justo delante de una reunión tan importante del consejo de administración. Esperaba que fuese una noche maravillosa, pero creo que lo he fastidiado todo —añade con un pequeño bufido.

—No es culpa tuya —le aseguro—. A veces, Jacob es un poco paranoico, pero no esperaba esa reacción. Fui yo quien te invitó a venir. Se pasó de la raya con esa mierda de comentarios.

Sarah frunce el ceño y esboza un intento de sonrisa, aunque no dice ni una sola palabra más hasta que llegamos a su casa. Antes de salir de la limusina, se vuelve hacia mí y se rasca la ceja derecha pensativa antes de hablar.

—Sé que has dicho que no era culpa mía y todo eso, pero … bueno, me preguntaba si te apetece subir un rato a tomar una copa.

—¿Me lo quieres compensar? —bromeo.

—No quería ponerlo tan claro, pero bueno, sí, esa es la intención —admite, encogiéndose de hombros.

—Me encantaría —susurro cogiendo su mano entre las mías para apretarla con cariño.

Abre una verja verde que da acceso a su edificio mientras le indico a mi chofer que debe recogerme por la mañana. Al entrar en su apartamento, sonrío al observar el desorden. La última vez que estuve aquí fue todo muy precipitado, estaba más preocupada por dejar que sus labios recorriesen mi cuerpo desnudo que en fijarme en los detalles.

—Ya sabes que es un poco pequeño —se disculpa.

—Es acogedor.

—Ya, acogedor es un eufemismo para diminuto. El apartamento entero tiene el tamaño de tu dormitorio —bromea mientras entra en la cocina a por una botella de vino y dos copas—. Espero que te guste un Merlot barato. No es un mega Sicilia de esos que tú bebes.

—Vega, Vega Sicilia —corrijo, cerrando los ojos y meneando la cabeza divertida.

—Bueno, pues eso. No es un Vega Sicilia, pero es lo único que tengo a mano.

—Solía beber un montón de esto cuando estaba en la universidad —admito, recordando aquellos tiempos.

—También tengo una tarrina de medio litro de helado Ben & Jerry's sin empezar. Podemos compartirla, si quieres.

—¿Fudge de chocolate con brownies?

—Justo esa.

—¡Sácala ahora mismo!

Antes de que quiera darme cuenta, estamos sentadas en el sofá, sus piernas sobre las mías, compartiendo la tarrina de helado. Cada vez que nuestras miradas se encuentran, no puedo evitar que mi corazón lata un poco más rápido y un cosquilleo se apodere de la parte baja de mi vientre.

—Joder, no me digas que este helado no está que te cagas de bueno —bromea Sarah alzando los ojos mientras lo saborea.

—Lo está.

—Ahora es cuando me dices que en algún sitio de Bélgica o Suiza hacen un helado mejor que cuesta como mil dólares o algo así, ¿verdad?

—Si eso existe, no lo conozco. Este es mi helado favorito —confieso.

—¿Sabes qué es lo único que lo haría mejor? —pregunta mientras recoge con la punta del dedo índice un poco de helado derretido y lo lleva a mi boca para que lo chupe.

—¿Qué?

—Tomarlo de tus tetas.

—¡No seas cerda! —bromeo, llevándome una mano a la frente y negando divertida con la cabeza.

—¿Por?

—Dos cosas. Primero, no me pienso poner algo tan frío en las tetas, y segundo, luego me voy a quedar toda pegajosa y no me apetece. No puedo creer que quieras hacer eso.

—¡Tú te lo pierdes! —susurra encogiéndose de hombros antes de recoger de nuevo un poco de helado con la punta de su dedo y llevarlo a mi boca.

Y mientras damos cuenta de la tarrina de helado, simplemente sentadas en un viejo sillón de un diminuto apartamento, me percato de lo feliz que soy en estos instantes. Me he perdido mucho en mi vida, siempre esforzándome por ser la mejor en todo lo que hacía. En cambio, son estas pequeñas cosas, como compartir un helado con la persona de la que te estás enamorando, las que te llenan de felicidad.

—¿Ves algo que te guste? —pregunto al observar que Sarah me mira de arriba abajo como si me estuviese desnudando con la mirada.

—Todo —suspira.

—Puf, vaya como estás —bromeo entornando los ojos mientras ella se muerde el labio inferior.

—¿Y tú?

Antes de que pueda responder, Sarah coge mi mano y la lleva hacia su vientre, dirigiéndola para que lo acaricie lentamente con la yema de mis dedos. Con una pícara sonrisa en sus labios, conduce mi mano hacia arriba, hasta dibujar el contorno de sus pechos y mi corazón se salta varios latidos al darme cuenta de que se ha quitado el sujetador antes de venir al salón.

Dirige la punta de mis dedos hacia sus pezones, que se endurecen al acariciarlos, marcándose a través de la tela de la blusa. Cierra los ojos y deja escapar un suave gemido, uno de esos que sabe que me derriten cada vez que los escucho. Joder, esta mujer tiene la habilidad de volverme loca de deseo sin casi intentarlo.

Se inclina para besarme, acercándose a mí lentamente, retirándose juguetona cuando nuestros labios están a punto de encontrarse, rozándome antes con la punta de su nariz hasta lograr que me desespere de pasión.

—¡Súbete a mis piernas! —ordena.

Me siento a horcajadas sobre sus muslos, buscando el roce de mis pechos con los suyos, recorriendo sus labios con la punta de mi lengua mientras ella aprieta mis nalgas y me da un azote cariñoso.

—Joder —susurro.

—Te voy a follar hasta que no te acuerdes ni de cómo te llamas —suspira junto a mi oído, consiguiendo que se me ericen los pelos de la nuca.

Antes de que me quiera dar cuenta, sus dedos desabrochan con velocidad la cremallera de mi vestido, para más tarde, recorrer mi espalda en busca del gancho de mi sujetador que cae al suelo al tiempo que su lengua recorre mis pezones.

—Mañana tengo una reunión súper importante. Nada de marcas en alguna zona que se pueda ver —le recuerdo.

—¿Vas a enseñar las tetas en la reunión? —bromea, dedicándome un pequeño mordisco cerca de la areola.

Prefiero no contestar y le deslizo la blusa por encima de los hombros, dejando sus pechos al aire. El roce de sus duros pezones acariciando los míos envía una corriente eléctrica por todo mi cuerpo hasta detenerse justo en mi sexo.

—Vamos a la cama —propone con un seductor guiño de ojo justo antes de desprenderse por completo de mi vestido y dejarme solamente con las bragas.

Al llegar, me empuja hacia atrás, hasta que mis rodillas chocan contra el colchón y me dejo caer. Pronto, una de sus manos se cuela entre mis piernas, presionando ligeramente mi clítoris antes de colarse por debajo de mi ropa interior para sentir mi humedad.

—Me encanta cuando te pones así —admite con un susurro, llevándose un dedo a la boca para saborearlo.

A continuación, coloca los dedos pulgares por debajo de la goma de mis bragas, tirando de ellas hacia abajo hasta dejarme completamente desnuda.

—No es justo, ni siquiera te has quitado los pantalones —protesto.

Sin embargo, apenas puedo seguir hablando, porque Sarah se coloca entre mis piernas y las palabras se convierten en gemidos al sentir su lengua lamiendo mi sexo.

—Joder, eres increíble —admito entre jadeos.

Levanta la mirada y me sonríe antes de devorar mi clítoris con una maestría asombrosa. Siempre he tenido problemas para tener un orgasmo con otras mujeres, pero Sarah parece tener una facilidad pasmosa para conseguirlo.

Grito al sentir sus dedos en mi interior. Coloca su mano libre sobre mi pubis, como si intentase calmarme mientras me penetra, curvando los dedos hacia arriba, haciéndome gritar de nuevo de placer.

Me agarro a las sábanas con fuerza, tratando de alzar las caderas para buscar un mayor contacto mientras Sarah apaga sus gemidos sobre mi clítoris y me hace temblar. Pronto, la tensión es más de lo que puedo soportar, grito, gimo, echo la cabeza hacia atrás y me dejo caer sobre el colchón tras liberar un intenso orgasmo que me deja sin respiración.

—¡Joder! —chillo, sintiendo cómo mi sexo se contrae sobre sus dedos con cada nuevo espasmo de placer.

—Todavía no he acabado contigo —susurra mientras lleva sus dedos a mi boca para que los chupe—. Vas a ir muy relajada a tu reunión, te lo aseguro —bromea, besando mi frente.

Y reconozco que Sarah cumple su promesa, porque al poco rato me lleva de nuevo al clímax. Y, mientras siento que me voy quedando dormida sobre su pecho, mientras ella peina mi melena entre sus dedos, tapando cariñosamente mi cuerpo desnudo con el edredón, sé que, a veces, la felicidad está en los pequeños detalles.

Capítulo 16

Sarah

Por regla general, los lunes siempre tienen un modo peculiar de anunciar su llegada. Todavía sumida en el sueño, percibo cómo los primeros rayos de sol se cuelan entre las rendijas de las persianas, pintando el dormitorio con una paleta de colores que varía del naranja al dorado. Normalmente, maldeciría la luz del sol bañando mi rostro, pero hoy es diferente. Hoy me despierto con una sonrisa en los labios y el motivo es la mujer que duerme a mi lado.

Cuando Hailey me invitó a asistir a la gala benéfica en el Madison Square Garden, mi corazón se saltó varios latidos. Estaba radiante con su vestido de gala y tacones altos saliendo de esa limusina y creí que la noche sería maravillosa. Bueno, lo acabó siendo, pero el arrebato de odio que Jacob Harmon tuvo conmigo me dejó confusa.

Sé que no fue mi culpa, entiendo que algunos de mis compañeros de profesión no tienen un concepto muy claro de la ética. Aun así, que Hailey tuviese que enfrentarse a su mentor para defenderme me causó un sentimiento agridulce. Me sentí culpable sin serlo, pero he de admitir que el corazón se me derritió al verla luchar por mí.

Un ligerísimo ronquido me hace sonreír. Inhalo una gran cantidad de aire, dejándolo salir poco a poco, saboreando la tranquilidad del momento. El silencio tan solo se ve interrumpido por la suave cadencia de la respiración de Hailey mientras duerme, como si fuese una nana que acuna mis pensamientos.

Mi mirada recorre su cuerpo desnudo, tan solo parcialmente cubierto por una sábana enrollada alrededor de su cintura. Sus finos labios entreabiertos son una promesa de palabras por decir y no puedo evitar pensar en lo mucho que puede cambiar mi vida a partir de ahora.

El roce de las sábanas al moverse me saca de mis pensamientos, devolviéndome a la realidad mientras observo que Hailey comienza a girar y sus sueños se desvanecen como una pincelada efímera.

—Buenos días, preciosa —susurro, acariciando su mejilla con la punta de mis dedos.

Una sonrisa encantadora ilumina su rostro al tiempo que abre los ojos con pereza.

—Buenos días —responde, cogiendo mi mano para besarla.

—¿Qué tal has dormido?

—De maravilla. Creo que me vendría muy bien repetir lo de anoche antes de irme a dormir —bromea.

—Todo es proponérselo, aunque no sé si te adaptarías a un piso tan pequeño sin vistas al Central Park.

Hailey me clava sus hermosos ojos azules y sonríe. Muerde su labio inferior, dejando escapar un largo suspiro antes de hablar de nuevo.

—Normalmente, necesito pastillas para dormir. Hoy he dormido como un tronco sin ellas. Empiezo a convencerme de que quizá la felicidad no está en la cantidad de cosas que tengas o en el tamaño de tu casa.

—¿Quién eres y qué has hecho con Hailey? —susurro antes de besar su frente.

—¿Sabes? He tenido un sueño de lo más extraño —admite con una mezcla entre diversión y misterio en los ojos—. Estaba en un bosque, completamente desnuda. Pero no era un bosque normal, las hojas de los árboles eran de oro y las flores parecían contener piedras preciosas. Tú… tú eras como la reina de ese lugar y yo una intrusa que había entrado a robar. Aun así, dejaste que me quedara contigo, me dijiste que no te importaba perder las hojas de oro de aquellos árboles, ni las piedras preciosas de las flores si me tenías a mí.

—Joder —suspiro.

—Me pregunto qué dirá mi psicóloga cuando se lo cuente. Debo apuntarlo, aunque no creo que se me olvide —añade.

Justo en el instante en que voy a responder, suena mi teléfono móvil y al ver de quién se trata le hago una seña a Hailey indicando que vuelvo en un momento y me voy a la cocina para que no lo escuche.

—¿Cómo es que me llamas tan temprano? —me quejo.

—Buenos días a ti también —saluda mi redactor jefe.

—Que tú no duermas no quiere decir que los demás podamos vivir sin unas horas de sueño. Lo sabes, ¿verdad?

—Quería recordarte que necesito saber algo de tu historia sobre Hailey Parker y su empresa lo antes posible —espeta con un tono bastante serio.

Al escuchar sus palabras se me hiela la sangre. Instintivamente, miro hacia la puerta de la cocina para comprobar que Hailey no se ha movido del dormitorio y respondo con un susurro.

—Lo siento, no he conseguido hacer ningún progreso. Supongo que vamos a tener que posponer el artículo —me disculpo, tratando de parecer lo más profesional posible.

Mi redactor jefe deja escapar un sonoro bufido y el sonido hace que todo mi cuerpo se tense.

—Mira, Sarah, voy a ser muy sincero contigo. En estos momentos tienes muchas papeletas de quedarte sin trabajo. Tan solo me voy a quedar con un becario. El resto os vais a ir a la calle. Pienso que tienes futuro como periodista, pero necesito más agresividad y lo único que puede salvarte es que termines ese jodido artículo.

—Tan solo te pido unos días —respondo buscando una salida.

—Estoy tratando de salvarte el culo, Sarah. Necesitas entregar ese artículo o serás historia dentro de nuestro periódico. Te lo garantizo —añade antes de colgar el teléfono.

Nada más acabar la llamada, debo apoyarme en la puerta en un intento por no ponerme a llorar. No puedo perder ese trabajo, no ahora. No con los gastos del tratamiento de mi padre que no cubre el seguro médico. Pero tampoco puedo traicionar a Hailey, debo pensar en algo, ganar tiempo. Mierda. La reunión del consejo es hoy mismo, esta tarde. Quizá a ella no le importe que presente un artículo modificado con los acuerdos que hayan tomado. Podríamos incluso redactarlo juntas para hacer quedar bien a su empresa.

—¿Todo bien? —pregunta Hailey en cuanto regreso al dormitorio.

—Todo perfecto —miento, intentando forzar una sonrisa que seguramente no llega a reflejarse en mi rostro—. Debo ducharme e ir a trabajar. Supongo que tú tendrás que dar los últimos toques a tu reunión. ¿Cenamos juntas?

Ni siquiera le doy tiempo a responder. Me dirijo directamente a la ducha y me quedo en ella un buen rato, dejando que los miles de gotas de agua golpeen mi espalda como pequeñas agujas, como si pudiesen aliviar el dolor de mi alma.

Al volver al dormitorio e inclinarme sobre la mesita de noche para coger mi móvil, Hailey me rodea con su brazo desde la cama y me tira en el colchón junto a ella.

—No voy a dejar que te vayas sin darme un beso —susurra con un guiño de ojo mientras acaricia mi pelo.

Dibujo una sonrisa triste, inclinándome para besarla y una punzada de dolor atraviesa mi corazón. Tenía decidido no publicar ese artículo, pero sé que no me quedará otro remedio si quiero conservar mi puesto de trabajo. No puedo permitirme ser despedida.

—Te llamo por la noche —añado sin atreverme a mirarla antes de abandonar la casa.

Capítulo 17

Hailey

En cuanto llego a la cuarta planta, donde se encuentra mi despacho, aparece Karen. Aprieta sus dedos con desesperación. Sus labios se han convertido en un fino pliegue de preocupación.

—¿Qué ocurre? —pregunto acercándome a ella. Mis tacones repican contra el suelo recién pulido.

Karen suspira antes de hablar, y mi estado emocional pasa en una fracción de segundo de la euforia a la preocupación. Abandoné el apartamento de Sarah tan feliz que parecía que estaba flotando en las nubes. Tanto, que la reunión de esta tarde con el consejo de administración no era más que un eco lejano en mi memoria, a pesar de su importancia.

En condiciones normales, me sentiría agobiada. Me invadiría un deseo irracional de imponer mi criterio en la reunión, incluso llegando a una confrontación seria con algún miembro del consejo. Me habría pasado cada segundo del día anticipando cualquier eventualidad, memorizando y comprobando cada cifra que voy a presentar, asegurándome de que todo está mejor que perfecto.

Pero desde ayer, esto dista mucho de ser condiciones normales. Fui tan feliz, simplemente compartiendo con ella una tarrina de helado de seis dólares en su diminuto apartamento, que me ha hecho reflexionar sobre muchas cosas.

Lo que no me gusta es que Karen siga sin hablar. La conozco demasiado bien como para estar segura de que ocurre algo.

—Jacob Harmon está en tu despacho y parece muy enfadado —responde.

Su voz es solamente un susurro, como si caminásemos sobre un suelo de cristal que pudiese romperse en cualquier momento.

—¿Jacob Harmon?

—Estaba muy tenso y entró directamente a tu despacho. No sabía qué hacer con él. Es el segundo máximo accionista de la empresa y sé el aprecio que le tienes. Lo siento.

—No pasa nada. Me ocuparé de él. Gracias, Karen —añado con una sonrisa para intentar tranquilizarla, aunque no me apetece lo más mínimo hablar con Jacob en estos instantes.

Y en cuanto abro la puerta de cristal del despacho, no puedo evitar que cada músculo de mi cuerpo se tense al encontrarme a Jacob Harmon, tranquilamente sentado sobre el sillón de cuero negro. El mismo en el que hace unos días compartí semidesnuda con Sarah.

La presencia del viejo inversor es apabullante, como si su energía pudiese ocupar cada rincón, estrechando el espacio. Una sonrisa irónica se dibuja en sus labios y sé que está molesto.

—Hailey —estira mi nombre como un gato que se arquea sobre su manta favorita.

—¿Por qué has venido tan pronto, Jacob? Quedan dos horas para la reunión y estoy muy ocupada en estos momentos —agrego con voz tensa mientras me siento en la mesa de despacho en un intento de que se marche.

—No contestabas a mis llamadas.

Mis dedos se crispan alrededor del borde de la mesa y el viejo zorro sonríe, consciente de que es una de las pocas personas en el mundo capaz de intimidarme.

—Me conoces muy bien como para saber que si no he respondido a tus llamadas es porque sigo cabreada.

Ahora, si me disculpas, debo preparar la reunión del consejo, te recuerdo que tenemos temas cruciales que tratar y no quiero ningún cabo suelto.

Deja escapar una pequeña carcajada y se pone en pie con una velocidad impropia para su edad. En ese momento, sé que el despacho se convertirá en un tablero de ajedrez y debo estar atenta a cada una de sus palabras.

—Quiero hablarte de lo de anoche en el Madison Square Garden —comienza, aclarándose la garganta como si se hubiese tragado arena—. Esa periodista es peligrosa, Hailey. Estoy completamente seguro de que se ha acercado a ti para sacarte información.

—Y eso lo sabes… ¿por?

—Porque te conozco desde que eras una mocosa con mucho potencial a punto de salir de la facultad y nunca te he visto así antes. Ni siquiera cuando salías con Julia.

—No metas a Jules en esto —interrumpo.

—Te has colgado de ella y eso es lo más peligroso que puedes hacer, sobre todo con su trabajo. Continúa saliendo con modelos, Hailey. Aprovecha tu dinero para disfrutar de la belleza de las mujeres como yo hacía cuando era más joven. Busca a chicas que no hagan preguntas, que estén contentas con recibir regalos caros y dejarse ver en restaurantes de lujo. Olvídate de la periodista. Comparada con tus anteriores parejas no sé qué has visto en ella —suelta con una mueca de desprecio.

—Que es una mujer inteligente, ¿por ejemplo? O quizá que me comprende como nadie antes. Que me apoya. Que tiene un corazón de oro. Que es un cielo de mujer. No sé, Jacob, se me ocurren un millón de motivos.

—Hailey, sé que eres muy inteligente y que tienes buen juicio. Aun así, incluso las personas más precavidas cometen errores. Es fácil que se nuble la vista cuando las hormonas están en juego, todos hemos pasado por ello y tú no vas a ser una excepción. Por eso me preocupo. No quiero dirigir tu empresa por ti, no pretendo cuestionarte, tan solo deseo protegerte para que no cometas los mismos errores que yo cometí cuando era joven.

Antes de que pueda llegar a responder, Karen irrumpe en el despacho, jadeante, su rostro por completo desencajado, y ambos nos giramos sorprendidos.

—Creo que nos han hackeado o algo así —expone tartamudeando—. Se ha filtrado información confidencial sobre la nueva tecnología. Un periódico lo ha publicado en su versión online y está corriendo como la pólvora —añade consiguiendo que se me hiele la sangre al escuchar sus palabras.

—¡Mierda! ¡Me cago en la puta, joder! —chillo, pegando un fuerte manotazo sobre la mesa que tan solo consigue dejar mi mano dolorida.

No digo nada, pero tengo la horrible sensación de que esto dista mucho de ser un hackeo. La mitad de nuestros empleados fueron hackers y nuestras medidas de seguridad son superiores a casi cualquier organismo. La filtración de esa información confidencial tan solo puede provenir de una fuente y el dolor que me produce pensar de quién se trata, es peor que si me atravesaran el corazón con un millón de dagas y lo hiciesen pedazos para siempre.

—Debo ocuparme, Jacob. Tienes que irte hasta la hora de la reunión, las cosas se van a poner muy feas por aquí —gruño. Lo último que necesito en estos instantes es que me recuerde sus advertencias.

—¡No! —grita, saliendo del despacho detrás de mí—. Voy a ayudar.

Capítulo 18

Sarah

El aire en la redacción del periódico es denso, como si una invisible cortina de humo pesara sobre mis hombros. Mi redactor jefe lleva toda la mañana encerrado en el despacho, un sinfín de personas entrando y saliendo de esa maldita oficina, incluyendo algún gran jefe y el departamento jurídico al completo.

El aroma del café recién hecho, el séptimo que bebo esta mañana, se mezcla con el tenue olor a tinta de impresora y papel mientras trato de mimetizarme con el ambiente y pasar desapercibida. Todo ese ajetreo tan solo puede significar una cosa; despidos.

Las teclas repiquetean a mi alrededor como si nos hubiese entrado a todos un repentino ataque de productividad y mi corazón late desenfrenado, tratando de contener el ritmo de la adrenalina que fluye por mis venas.

—¿Has conseguido terminar el artículo sobre la mujer esa? ¿La de la app para espiar a la gente? —susurra Claudia, disimulando para que nadie la vea.

—No, y no es una app para espiar a la gente —respondo bajando el tono de voz al mínimo necesario para que me escuche.

—Vale, lo que sea. De todos modos, creo que las dos estamos jodidas. Vamos a ser las primeras en irnos a la calle. Son unos machistas de mierda —añade, levantando el dedo medio de ambas manos hacia el despacho del redactor jefe, aunque asegurándose de que se esconde tras la pantalla del ordenador.

—¡Davis! ¡A mi despacho, ahora mismo! —grita, aprovechando que los abogados del equipo jurídico abandonan la sala.

—Lo siento, vaya putada —suspira Claudia—. Me alegro de haberte conocido, estamos en contacto, ¿vale?

—No des por sentado que me van a echar, capulla —me quejo.

Respiro hondo, trago saliva y agacho la cabeza al entrar. Mi corazón palpita con fuerza, una danza frenética que solo yo puedo percibir. El redactor jefe me mira desde su sillón de cuero, tan viejo como él. Los becarios bromean diciendo que se hizo con la piel de algún dinosaurio.

Sus ojos me examinan, lanzan dardos invisibles que se clavan en mi pecho, y cada décima de segundo de espera me asfixia.

Hace una seña para que me siente frente a él y me dejo caer, las manos sudorosas apoyadas en mi regazo. En la calle, las sirenas y bocinas del caótico tráfico de Nueva York me recuerdan que el mundo sigue girando, aunque para mí esté a punto de detenerse.

—Debemos hablar —indica, su rostro inescrutable.

—Estoy despedida, ¿no? —pregunto temblando.

—¿Por qué coño me has mentido? —grita, causando que mi culo bote en la silla.

—¿Qué?

—¡No te hagas la tonta, joder! ¡Contesta! ¿Por qué coño me has mentido? —insiste.

—No tengo ni idea de lo que estás hablando —mascullo.

—La historia de Hailey Parker y su empresa. La tenías terminada, incluso la imprimiste. Joder, si el inútil de David no llega a haber tropezado con tu mesa y tirado al suelo los papeles nunca lo hubiésemos sabido.

—Yo...

Las palabras no salen de mi garganta, pero en estos momentos quiero morirme. Miro nerviosa el reloj, rezando todo lo que sé para que la reunión del consejo de administración haya terminado, aunque Hailey me va a matar cuando lo publiquemos.

—Joder, el artículo es muy bueno, Sarah. Tienes madera de periodista, siempre lo supe. Hemos necesitado pintar a la zorra esa bajo una luz mucho más oscura, porque por el tono de tu artículo, parece que te hubieses enamorado de ella. Aun así, muy bien. El trabajo de investigación sobre la nueva tecnología de esa empresa y su oferta a dictaduras extranjeras será un éxito.

—Escucha, creo que sería mejor comprobar…

—¡No te quites mérito! Ya está revisado por el departamento jurídico del periódico. Se va a montar algo muy gordo, te lo aseguro. Lo hemos tenido que revisar bien porque tendremos que testificar ante la SEC y posiblemente el Departamento de defensa y el FBI. La zorra esa acabará en la cárcel —agrega, consiguiendo que se me hiele la sangre al escuchar sus palabras.

—Sería mejor esperar…

—¿Esperar? Ya está publicado en la versión online del periódico. No paran de llegar las llamadas de teléfono.

No te preocupes, he añadido tu nombre al mío. ¿Ves todos esos premios periodísticos? Añade un Pulitzer con un poco de suerte. ¡Vas a hacer historia con solo veinticinco años, Davis! ¡Joder, vaya futuro!

—¿De qué hablas? ¿Por qué lo publicas sin mi permiso? —chillo, llevando mis manos temblorosas a la cabeza y pensando en el lío que acabo de meter a Hailey.

—La historia es buena, Sarah. Si se confirma que ha intentado vender su tecnología a dictaduras extranjeras y meten en la cárcel a esa zorra, te harás famosa.

Apenas puedo escuchar el resto de sus palabras, son como un eco lejano que no consigo entender. Tan solo puedo pensar en Hailey. A estas horas ya se habrá enterado de que el artículo está publicado… firmado por mí. Le he arruinado la vida. Perderá su empresa por mi culpa, despedirán a cientos de personas, acabará en la cárcel. Todo por un jodido artículo que nunca debí escribir. Su vida se va a la mierda, pero la mía ya no merece ser vivida.

Jamás me lo perdonará. ¿Cómo podría hacerlo? He destrozado todo por lo que tanto ha luchado. Todo lo que ella valora por delante de su propia vida. Soy gilipollas, joder.

Resoplo, saco el teléfono móvil del bolsillo y salgo del despacho ante la mirada atónita de mi redactor jefe. Tecleo el nombre de Hailey en Google y los primeros resultados me hacen temblar. Todo el jodido país parece haberse hecho eco de la noticia. Es un escándalo. Un hombre asegura que ya está siendo investigada por la comisión de valores y bolsa y por el FBI. Otros aseguran que debe ir a la cárcel y pudrirse en ella. Esto es un puto desastre.

Temblando, deslizo los dedos por la pantalla del móvil y marco su número. El teléfono suena, dos, tres, cuatro veces y salta el buzón de voz. Vuelvo a probar, ahogo un grito de frustración mientras lo intento una y otra vez. A la décima llamada abandono mi empeño. Sé que no va a responder. Ni ahora ni nunca.

—¡Mierda! —chillo con rabia.

Claudia me mira con asombro sin atreverse a preguntar qué es lo que me ocurre. Seguramente, sigue con su idea de que me han despedido. Mi redactor jefe continúa parado en la puerta de su despacho, esperando que vuelva a entrar. En lugar de eso, recojo mis cosas, tiro al suelo de un manotazo todos los papeles que hay sobre mi mesa, y salgo del periódico para no volver jamás.

He acabado con esta jodida empresa.

Capítulo 19

Hailey

Las miradas de los miembros del consejo de administración se clavan en mí en cuanto entro en la sala de juntas. La tensión impregna el ambiente y es tan densa que podría cortarse con un cuchillo. Todos son inversores avezados, curtidos en mil batallas, pero sus rostros reflejan preocupación.

Trago saliva y me siento en la cabecera de la imponente mesa de caoba.

—Queremos una explicación, Hailey —exige Jae-Seong Cho apretando los dientes.

Siento cómo las palmas de mis manos empiezan a sudar. Las froto disimuladamente en el pantalón mientras busco las palabras adecuadas para responder. He presidido este consejo en innumerables ocasiones, me he enfrentado a cada uno de ellos, pero de algún modo, hoy es diferente. La sala de juntas parece esta tarde un calabozo en el que seré juzgada por creer que el amor con Sarah era posible.

—No sé cómo ha podido ocurrir esto. Hemos extremado las medidas de seguridad desde el principio del proyecto, pero necesito un poco más de tiempo para averiguar lo que ha pasado. Si ha sido culpa mía, lo asumiré —añado, sintiendo una punzada de dolor en mi corazón.

—Claramente, esas medidas de seguridad no han sido suficientes —espeta Amanda McGrath, representante de un importante fondo de inversiones y a la que nunca le he caído bien.

Dejo escapar un ligero suspiro, tratando de mantener la calma. Realmente, no hay nada que podamos solucionar en esta reunión. Lo que necesito es estar ahí fuera, intentando minimizar los daños y no reunida con esta gente. Sé que han volado desde todos los puntos del país, alguno desde fuera de los Estados Unidos, pero esto es una situación de emergencia. Mantener la reunión no tiene sentido.

—Estoy de acuerdo con Hailey —interrumpe Paul Chibudem, el CEO de Chibudem Capital en Silicon Valley—. Es muy improbable que alguien haya hackeado el sistema, los expertos de mi empresa lo supervisaron y no tiene fisuras. Ha tenido que ser una filtración desde dentro de la propia empresa, aunque no entiendo a quién le puede beneficiar.

—Posiblemente, alguno de esos hippies anarcocapitalistas que Hailey ha contratado —corta Amanda McGrath con desdén—. No verán con buenos ojos que podamos vender nuestra tecnología a las fuerzas del orden.

Los murmullos recorren la sala de juntas. Algunos asienten, otros fruncen el ceño contrariados. Contengo la respiración, expectante. Conozco la respuesta más que probable a lo que ha ocurrido, pero me gustaría hablarlo cara a cara con Sarah.

—Quizá había cierta periodista husmeando —suelta de pronto Jacob y mi corazón se detiene.

—Joder, Jacob —me quejo con un bufido.

—Es la fuente más probable de filtración, Hailey, te guste o no. Es lo que tiene meterse en la cama con una periodista. Posiblemente, se acercó a ti para manipularte, te hizo creer que estaba muy enamorada tan solo para sacarte información. Seguramente, pensabas que estabas teniendo una conversación inocente con la mujer de tu vida mientras le dabas información clave sobre la empresa. Hay que pensar con la cabeza, no con el coño

—agrega y debo hacer un esfuerzo supremo para controlar la rabia.

—Jacob, ese comentario está de más y es muy ofensivo —interviene Jules poniéndose en pie. Su rostro refleja tensión.

—Bueno, vamos a tranquilizarnos, por favor. Ponernos a discutir ahora no nos lleva a ninguna parte. La prioridad absoluta es minimizar los daños. Además, Sarah no haría algo así, de eso estoy segura.

—Pues yo no estaría tan segura si fuese tú —gruñe el viejo inversor—. Todas las fuentes citan al periódico de tu supuesta novia y el artículo está colgado en su web, firmado por ella junto al cabrón ese que tienen como redactor jefe. Ya me contarás cómo quieres explicar algo así.

Las miradas de asombro entre los miembros del consejo son todo un poema. Se miran los unos a los otros, menos Amanda McGrath, que mantiene su mirada fija en mí, con una enorme sonrisa en los labios. Seguramente mucho más interesada en las consecuencias negativas que esto puede tener para mí que en los millones que va a perder el fondo de inversión al que representa.

Justo cuando voy a tomar la palabra, Karen irrumpe en la sala de juntas con el rostro desencajado.

—Siento interrumpir, Hailey. Han llegado unos inspectores de la SEC, exigen hablar contigo de inmediato, y también unos agentes del FBI —anuncia, su voz solamente un suspiro.

—¡Joder! ¡Qué puto día de mierda! No me lo puedo creer —protesto, pegando un manotazo sobre la mesa.

—Yo me encargo de los del FBI, no es la primera vez que tengo que lidiar con ellos —apunta Jacob Harmon con gesto solemne.

—Jacob, por favor, ten mucho cuidado con lo que les dices —le advierto tragando saliva.

—Te ayudo con los de la comisión de valores —susurra Jules, cogiéndome por la cintura y dedicándome esa mirada confiada que siempre consigue calmarme.

Capítulo 20

Sarah

Mis dedos tiemblan al marcar una vez más el número de Hailey. De nuevo sin respuesta. Me levanto del sofá y camino de nuevo del salón a la cocina, apretando el teléfono contra mi oreja y escuchando atentamente como si eso fuese a solucionar algo. Con cada tono sin respuesta, mi nivel de ansiedad se dispara hasta dificultar mi respiración.

Me siento de nuevo y sujeto entre mis manos el teléfono móvil como si fuese un pájaro frágil, mi pulgar sobre el botón de llamada una vez más. El silencio que me rodea parece hacerse eco de mi ansiedad y cada tictac del viejo reloj del pasillo marca un abismo de silencio.

De pronto, el sonido de un mensaje interrumpe mis pensamientos. El nombre de Hailey ilumina la pantalla y mi corazón hace un salto mortal al leerlo.

Tan solo dos palabras: debemos hablar.

Me desplomo en el sofá con el teléfono pegado al pecho. Respiro con dificultad mientras escribo la respuesta: *"lo siento. No ha sido culpa mía"*.

Aparecen los tres puntos cuando empieza a teclear, tres puntos que se me hacen infinitos.

Hailey: en el café de la avenida Madison con la setenta y dos en media hora.

Yo: salgo para allí. Lo siento. Te quiero.

No hay respuesta.

Cuando abro la puerta del café y la veo sentada en una de las mesas, me invade tanta ansiedad que me cuesta caminar.

—Lo siento mucho, Hailey. Nunca quise que esa historia saliese a la luz. Lo publicaron sin mi permiso —me disculpo, antes incluso de sentarme frente a ella.

—Así que fuiste tú.

La decepción en su mirada es tan grande que me hace temblar. Asiento lentamente con la cabeza y casi puedo sentir cómo su corazón se va partiendo en un millón de pequeños pedazos. A cámara lenta. Frente a mí.

Es devastador.

—La escribí yo, pero no la iba a publicar. Ya lo había decidido. La imprimí para leerla en papel, es una manía que tengo, y se me olvidó en la mesa bajo una pila de papeles. Un idiota tropezó y los tiró al suelo y…

—¿De qué coño hablas? Joder, estaba convencida de que era imposible que fueses tú. Me enfrenté al puto consejo de administración por ti. Pensé que teníamos algo, creí que me querías —interrumpe, y el dolor en su voz es infinito.

—Hailey, te juro que no iba a publicar esa historia. La encontraron y la publicaron sin mi permiso.

—Claro, del mismo modo que fingiste no conocerme de nada la primera vez que nos encontramos en el café frente a mi empresa, ¿verdad? Siempre con la mentira por delante. ¿Has fingido también tus orgasmos? —espeta, desviando la mirada y mordiendo su labio inferior en un gesto de dolor.

Es la primera vez que la veo tan vulnerable. Se está rompiendo por dentro delante de mis ojos y todo por mi culpa.

—Hailey, yo…

—Me has manipulado. Me hiciste creer que estabas enamorada de mí y caí en tus redes como una imbécil. Confié en ti, Sarah. Te confié lo más preciado que tenía y lo utilizaste para progresar en tu carrera. No te puedes ni empezar a imaginar el daño que me has hecho. Jamás en mi vida, nadie, me había herido de este modo —

admite, cediendo ante las lágrimas, quizá por primera vez en su vida adulta.

Y observar a la gran Hailey Parker intentando limpiarse las lágrimas frente a mí. Ver cómo la supuestamente insensible reina de hielo se rompe en mil pedazos por mi culpa, es más de lo que puedo soportar.

—Hailey, nunca te mentí. Todo lo que te he dicho era verdad, lo dije desde el corazón. Nunca pretendí hacerte creer que…

—¿Qué me querías cuando en realidad te importaba una mierda que mi empresa se vaya al garete por un puto artículo?

Está muy nerviosa, alza la voz y me percato de que algunos de los clientes del café se han dado cuenta de quién es y sacan los teléfonos móviles para grabarla. Debo detener esta situación cuanto antes.

—Hailey, cálmate, por favor —susurro, inclinándome hacia ella.

—¡No me digas que me calme, joder! No sabes el daño que has hecho. Mira la puta cotización. Se están perdiendo millones, habrá cientos de despidos, tengo detrás de mí a la SEC, al FBI, al Departamento de defensa. Todo por publicar un jodido artículo. Espero que lo hayas disfrutado, porque no tienes la más mínima ética —espeta con un bufido.

—Hailey, por favor…

Intento hacerle un gesto con los ojos. Trato de indicar que estamos llamando la atención y algunas personas nos graban, pero vuelve a interrumpir.

—Al final, Jacob tenía razón. Esta tarde, me dijo que estaba pensando con el coño y no con la cabeza. Me dolió, pero más me duele saber que era cierto. Me dejé embaucar por una carita bonita, cuando debí poner mi empresa por delante de todo lo demás —ladra, ya sin disimular las lágrimas que ruedan por sus mejillas y a mí se me viene el mundo abajo.

Se levanta de golpe, tirando un billete de veinte dólares sobre la mesa, y abandona el café si ni siquiera volver a mirarme. Cierra con un portazo, y lo único que puedo hacer es quedarme sentada y observar cómo se pierde entre la gente, mis ojos ahora también repletos de lágrimas.

Todo se ha ido a la mierda.

Capítulo 21

Hailey

—Convocaré una reunión con todo el personal mañana a primera hora —anuncio nerviosa desde el asiento de atrás de la limusina—. Karen, hoy pasaré toda la noche en la empresa trabajando, pídeme algo para cenar, lo que quieras —añado—te dejo, que tengo una llamada en espera.

Joder, es como la millonésima puta llamada el día de hoy, Parece que todo el mundo se ha vuelto loco con la mierda del artículo de Sarah. En mala hora se me ocurrió hablar con ella aquel día. Ahora todo se desmorona a una velocidad mucho más rápida de la que puedo controlar.

—No lo sabemos todavía. De momento, hemos detenido todas las conversaciones con potenciales clientes de la nueva tecnología. Órdenes del departamento jurídico, pero no te preocupes, Jae-Seong, no es nada serio. Son los típicos contratiempos de Estados Unidos, vamos a tener que plantearnos llevar la sede de la empresa a Seúl —miento para que se calme y me deje de gritar. Ya le entiendo mal normalmente, como para mantener una conversación llena de gritos—. Necesito colgar, tengo una llamada importante sobre ese asunto. Tranquilo.

—¡Joder, Karen! Diles simplemente que estamos trabajando en ello y que no sabemos todavía cómo se filtró esa información. O no digas nada y ya está. ¡Menudo día de mierda! —grito, observando los ojos del chofer de la limusina a través del espejo retrovisor—. Escucha, Karen, llegaré en quince minutos, ya me encargo yo.

El asiento de cuero cruje bajo el peso de mi cuerpo cada vez que me agito nerviosa. Una llamada corta la de Karen, a esa la interrumpe otra más. Es un ajetreo continuo hasta que observo en la pantalla el número del socio principal del despacho de abogados que Jacob ha recomendado. Trago saliva, apretando instintivamente el teléfono antes de responder.

—Háblame, Jack. Dime que tienes una solución —exclamo a modo de saludo, con el corazón en un puño.

—Seguimos trabajando en ello, Hailey. Ahora mismo no solo tenemos detrás al FBI, también hemos recibido una comunicación del Departamento de defensa, quieren conocer los detalles de la tecnología y…

—¡Joder! —interrumpo.

—Yo no me preocuparía demasiado, salvo por las consecuencias económicas. Ha sido una suerte que el consejo no había tomado una determinación sobre vender o no esa tecnología fuera de los Estados Unidos. Si esa filtración se produce una semana más tarde y la tecnología cae en manos de algún gobierno no amigo, podrías enfrentarte a penas de cárcel —añade con una naturalidad que asusta.

—¿Qué piensas que ocurrirá? —pregunto, aunque no estoy segura de querer escuchar la respuesta.

—Lo del FBI quedará en nada, Jacob tiene mucha experiencia con ellos y hemos salido de situaciones peores, puedes creerme.

—No lo dudo —respondo, imaginando en los líos que se ha podido meter el viejo inversor a lo largo de su extensa carrera, siempre navegando en una fina línea entre lo legal y lo ilegal.

—El Departamento de defensa va a ser un problema —explica—. Lo más probable es que consideren vuestra tecnología como de doble uso y tengáis que rendir cuentas. Además, cualquier venta fuera de los Estados Unidos tendría que estar autorizada y puede que incluso las ventas dentro del país. Jacob está muy enfadado, dice que perderéis millones por culpa de eso.

—Ganaremos en tranquilidad —afirmo. En cierto modo, es como si hubiesen tomado la decisión del consejo por nosotros.

—Sin embargo, tengo dos noticias negativas —añade bajando el tono de voz.

—Mejor que me las digas cuanto antes, el día ya está siendo una mierda.

—Y más que va a ser, Hailey.

—¿Quieres decírmelo todo de golpe de una puta vez?

—Está bien, tranquilízate. Yo estoy en tu equipo, ¿recuerdas? No mates al mensajero. El primer problema es que la SEC va a abrir una investigación. Las acciones de la empresa han caído en picado como sabes, incluso han tenido que detener la cotización en bolsa al alcanzar el límite de bajada. Mañana caerán más. Tendrás que testificar, posiblemente también otros directivos de la empresa y algunos miembros del consejo de administración.

—Eso me lo imaginaba. No tengo nada que esconder. ¿Cuál es la segunda mala noticia? —pregunto nerviosa.

—No te va a gustar.

—¡Suéltalo de una vez, joder! —espeto alzando la voz.

—Algunos miembros del consejo quieren salir de la empresa. Su argumento está bastante bien montado, ya que la culpa ha sido tuya por lo de la periodista esa. Habrá que preparar una oferta económica y las finanzas de la compañía se verán muy mermadas —expone.

—¿Cuál crees que es la mejor solución?

—Posiblemente, la única solución sea preparar una OPA de exclusión y sacar Apurva de la bolsa. Convertirla de nuevo en una empresa privada. Habrá despidos, perderás muchos millones y prácticamente todo el músculo financiero. Hailey, vas a tener que empezar casi desde cero otra vez —apunta.

—No me da miedo empezar de cero.

—Solo que esta vez no serás la Hailey Parker con la que todo el mundo se quiere asociar. Te costará mucho trabajo recuperar la reputación que tenías. Lo sabes, ¿verdad?

Ni siquiera me molesto en responder. Sé que tiene toda la razón. Las puertas de los grandes inversores, de los bancos de inversión, de los fondos tecnológicos, estarán cerradas. Quizá para siempre. La Hailey Parker que podía ser recibida casi por cualquiera con una simple llamada de teléfono es tan solo un eco del pasado. El estigma de haber sido engañada por una periodista, de acabar en la cama con ella, es algo que me perseguirá para siempre.

—Mierda, mierda, mierda —chillo tras colgar la llamada.

Esto es un auténtico desastre. No hemos hecho nada ilegal, pero una grave multa de la Comisión de valores no nos la quitará nadie. Tendré que pasar por la vergüenza de testificar ante la SEC, seguro que toda la prensa estará allí para presenciar la masacre… la caída a los abismos de Hailey Parker.

¿Cómo coño pude haber sido tan estúpida como para dejarme engañar por una periodista? Me permití confiar en una mujer a la que apenas conocía tan solo porque tenía unos ojos bonitos. Sarah era inteligente y divertida, sabía entenderme y el sexo con ella era maravilloso. Un sexo que me costará millones de dólares. A varios millones cada polvo.

Jacob me enseñó a crear una barrera frente al resto del mundo, aunque todos me tachasen de altiva y engreída, a pesar de mi fama de reina de hielo.

Ojalá le hubiese escuchado, joder.

Capítulo 22

Sarah

Las paredes se cierran sobre mí. Mi respiración agitada, mis pulmones buscando el aire en ráfagas agudas. Me paso una y otra vez los dedos por el pelo, llegando hasta la raíz en un intento de calmar mis pensamientos.

Todo se desmorona. Los frágiles cimientos de mi vida se convierten en polvo, se escurren entre mis dedos como si fuesen arena, hasta que ya no queda nada a lo que agarrarme.

El sabor frío y metálico del miedo se asienta en mi boca. Mis pies descalzos susurran contra el suelo de madera hasta que ya no puedo más. Me abrazo a mí misma, como si eso pudiese protegerme de algún modo de la tormenta que me rodea.

En el apartamento, aún creo escuchar el eco de nuestra risa, un recuerdo fantasmal de mi breve relación con Hailey antes de que arruinase su vida… y de rebote la mía. Casi puedo sentir el calor de su cuerpo al abrazarme. Pero ya no volverá y ahora estoy sola.

El aire se torna denso y pesado. Me ahoga hasta el punto en que debo sentarme en el suelo, apretando las rodillas contra mi pecho. Intento respirar de manera profunda, como Jackie me había enseñado, pero cada respiración es un jadeo agónico que me marea y no contribuye a que me calme. Hacía mucho tiempo que no sufría un ataque de ansiedad y este ha vuelto con fuerza, como si quisiese vengarse.

Las lágrimas ruedan por las mejillas y su sabor salado llega hasta mis labios. El familiar entorno de mi casa se convierte en una especie de caleidoscopio de colores y formas que apenas son distinguibles. El tic tac del reloj del pasillo me martillea el cráneo, como si cada segundo pretendiese burlarse de mí o intentase castigarme. Aprieto las rodillas con más fuerza y cierro los ojos, deseando que todo se detenga. Pero no lo hace, la ansiedad se arremolina en mi interior como una tempestad que amenaza con llevárselo todo... como si quedase algo.

Tan solo escucho el silencio de mi propia desesperación o el débil sonido de las gotas de lluvia golpeando el cristal de la ventana. Mi mundo se ha hecho añicos. Solo queda incertidumbre y dolor.

Ojalá no hubiese escrito ese artículo. Lo he perdido todo: mi trabajo, mi única posibilidad de ayudar a mi padre. A Hailey.

De pronto, el timbre de la puerta me saca de mis pensamientos, devolviéndome de forma abrupta a la realidad.

—¿Sí? —respondo confusa.

—¿Señorita Sarah Davis? —pregunta una voz de mujer al otro lado de la puerta.

—Sí, soy yo.

—Le traigo una carta certificada con acuse de recibo.

Abro la puerta y reviso extrañada el membrete oficial mientras firmo la entrega. Lo leo sin apenas entender lo que dice el texto. ¿Se me cita a declarar ante la Comisión de valores? ¿Puede ocurrir algo más en mi vida?

Con dedos temblorosos, marco el número de teléfono que aparece en la carta, muerta de miedo mientras espero un tono de llamada tras otro.

—Comisión de valores, ¿en qué puedo ayudarle?

—Mi nombre es Sarah Davis —explico, mi voz apenas por encima de un susurro—. He recibido una carta con una citación para declarar.

—Número de expediente —masculla la mujer al otro lado de la línea. Su tono cargado de monotonía, como si mi llamada le incomodase.

—Un momento, por favor... 6478W56TR23.

—Caso Apurva. Debe presentarse a declarar como testigo el día veintitrés a las once de la mañana —explica con el mismo tono aburrido de antes.

—¿Debo llamar a un abogado?

—¿Para qué?

—No lo sé. Es la primera vez que debo declarar —admito sin saber qué decir.

—No. Viene usted como testigo. No somos un tribunal de justicia —añade con un pequeño bufido como si yo fuese tonta.

—Está bien, gracias. Allí estaré —le aseguro.

Y nada más colgar el teléfono, comprendo la situación. ¿Cómo puedo ser tan egoísta? Yo he perdido mi trabajo, pero puedo conseguir otro. He perdido a Hailey y no sé si encontraré a otra como ella, pero sin duda el amor llegará en algún momento. En cambio, ella...

He contribuido de manera directa a que esté a punto de perder su empresa, lo que más le importa de este mundo.

Ha luchado toda su vida, enfrentándose a dificultades casi insalvables hasta llegar a la cima. Y mi artículo se lo ha arrebatado todo.

La conozco lo suficiente como para saber que nunca intentó infringir ninguna ley. Ella se iba a enfrentar al consejo de administración de la empresa para no vender la nueva tecnología a otros países. Como mucho, quería cederla a la policía para que los ciudadanos estuviesen más seguros. Creo que ni ella misma pensó que esto podría acabar así.

Intentó corregir un error y ayudar a capturar al asesino de aquella chica y mi artículo fue el detonante para que todo saltara por los aires.

De manera mecánica, marco su número de teléfono en el móvil, y de nuevo no obtengo ninguna respuesta. Solo que esta vez, tampoco espero que me devuelva la llamada.

Ahora es fácil ir contra Hailey Parker. Cada día, aparecen artículos tachándola de empresaria sin escrúpulos, diciendo que tan solo quería ganar millones a costa del derecho a la intimidad de los ciudadanos. Acusándola de colaborar con dictadores para someter a sus pueblos. Yo la conozco mejor que todos esos periodistas y sé que no es cierto.

Hailey no es una empresaria despiadada y codiciosa que tan solo busca la riqueza. Siempre quiso ayudar. La propia app nació para garantizar la seguridad de las personas más vulnerables. Quería mantener a salvo a sus amigas en la universidad, utilizó sus habilidades para crear algo que podía ayudar… y tuvo éxito.

Todo su trabajo se hizo pensando en crear un entorno más seguro. Eso es lo que debo transmitir en mi testimonio ante la SEC. Hailey no carece de ética.

Capítulo 23

Hailey

Jack Chaudhary ha sido mi abogado durante los últimos cinco años y el de Jacob Harmon durante más de veinte. Según Jacob, entre los contactos de Roses, Chaudhary y Asociados se encuentran jueces, senadores y todo un elenco de gente importante, así que su especialidad son los casos complicados. No me extraña, teniendo en cuenta que han tenido a Jacob como cliente durante las dos últimas décadas.

Y como abogado será una estrella, pero no consigue hacerme sentir mejor. Su forma de prepararme para testificar ante la SEC parece estar basada en informarme de cada mínimo detalle que puede salir mal y de sus consecuencias.

—¿Tuvo usted relaciones sexuales con la señorita Sarah Davis?

—Joder, Jack. ¿De verdad crees que me van a preguntar eso? —protesto alzando los ojos y negando con la cabeza.

El abogado simplemente hace una mínima pausa antes de seguir garabateando furiosas notas en una libreta.

—Vale, sí. Toda la jodida ciudad de Nueva York sabe que me acosté con Sarah. No veo dónde coño quieres llegar —me quejo con un bufido.

—Si las cosas se tuercen, debemos presentarte como la víctima de todo este asunto. Ya puedes ir abandonando la actitud de mujer que puede con todo. Debes mostrar inseguridad. Solo un poco, para que no piensen que eres culpable y estás escondiendo algo. Y nada de decir coño o joder en tus respuestas cuando testifiques.

Rodeo mi cuerpo con mis propios brazos en un débil intento de reconfortarme. Me está obligando a hurgar en heridas aún demasiado frescas, en dolorosos recuerdos que tan solo pretendo olvidar cuanto antes.

—Hailey, no existe ni una sola prueba por escrito de que Apurva hablase con gobiernos extranjeros. Las pocas conversaciones que habéis tenido fueron informales por parte de miembros del consejo. En ese sentido, no debes preocuparte. La SEC lo sabe y por eso estás testificando ante ellos y no ante el FBI.

—¿Y para qué coño me llaman?

—Como mínimo, en el momento en que la empresa obtuvo una tecnología ya desarrollada y empleada con éxito por la policía de Nueva York, tendrías que haber informado al mercado de valores. Como bien sabes, es un cambio muy significativo en la proyección de resultados futuros —recita casi de memoria.

—Mantenerlo en secreto fue idea de Jacob —apunto.

—Lo sé, pero tú eres la CEO y, por tanto, la última responsable. Sin embargo, podemos intentar girar el foco y utilizarlo como una oportunidad para restaurar la dañada reputación de la empresa. Pon cara de buena y di que lo único que pretendías es ayudar a la justicia a cazar a un asesino. Menciona que no se informó para no interferir con las actuaciones de la policía.

—¿Crees que se lo creerán?

—No. De la multa no te librará nadie, pero al menos, tu imagen quedará mejor en los periódicos —añade encogiéndose de hombros.

***

—Por el amor del cielo —susurro poniendo los ojos en blanco al llegar a la sala donde debo testificar.

—Recuerda, nada de decir joder, ni coño. Y no busques ningún enfrentamiento. Mantén un perfil bajo —masculla Jack, sentándose a mi lado en el banco.

La sala no es un tribunal propiamente dicho, más bien un despacho grande donde tres oficiales de la SEC se sientan frente a mí con cara de mala leche. Aun así, casi se parece más a una reunión que a un juicio y con eso estoy mucho más familiarizada.

Escucho pacientemente mientras hacen las oportunas presentaciones hasta que uno de los directores regionales de la Comisión de valores toma la palabra.

—Señorita Parker, ¿puede confirmar que su empresa, Apurva, ha mantenido contacto con la policía de la ciudad de Nueva York y como resultado han utilizado una tecnología experimental desarrollada por ustedes?

—Sí.

—¿Puede explicar en qué consiste la tecnología ofrecida? —insiste.

Dejo escapar un bufido involuntario y mi abogado me propina un codazo en las costillas. Intento explicar, como si estuviese hablando con un niño, cómo la inteligencia artificial de nuestra empresa emplea una analítica predictiva para prever resultados futuros. Abren los ojos como platos al ser informados de que es capaz de aprender por sí misma, partiendo de los modelos estadísticos iniciales y del entrenamiento que recibe.

Pongo cara de niña buena y les explico cómo la inteligencia artificial ayudó a capturar al asesino. Para terminar, indico que no ha sido una transacción comercial, sino más bien una colaboración con el cuerpo de policía.

—Te ha quedado muy bien —susurra mi abogado en cuanto hacemos un receso, que aprovecho para ir al baño y comer algo.

Tras el descanso, se inicia una ronda con otras personas que la SEC ha llamado a testificar en el caso. El departamento de policía presenta los datos más o menos en concordancia con mi declaración, pero se me hiela la sangre al escuchar el siguiente nombre.

—Señorita Sarah Davis.

Sarah entra en la sala con pequeños pasos, su rostro desencajado. Nuestras miradas se cruzan y es incapaz de mantenerla. Sus ojos me rehúyen, seguramente consciente de que su declaración me hundirá en la mierda, más aún de lo que ya estoy.

—¿Puede confirmar que ha sido usted la persona que escribió el artículo publicado sobre la nueva tecnología de Apurva? —inquiere el tribunal.

—Sí, es correcto —responde Sarah casi con miedo.

—Tengo entendido que también ha pasado un tiempo considerable con la señorita Hailey Parker como parte del proceso de documentación —añade otro de los miembros del tribunal.

Sí, ya, prefiero no hablar de su proceso de documentación. Pedazo de zorra. Me ha hundido la vida por un artículo. Aunque reconozco que lo que más me ha dolido es que me utilizase. Lo que de verdad me ha destrozado es creer que estaba enamorada de mí, porque yo sí lo estaba de ella. Y, ahora, mi corazón está roto en mil pedazos, sin posibilidad alguna de volver a juntarlos.

Sarah toma la palabra y me llevo la mano a la frente esperando lo peor, aunque su respuesta me deja perpleja.

—Es cierto que en el artículo se plantean puntos destacados de la tecnología de Apurva que permiten la vigilancia de los individuos. Sin embargo, no considero que deba verse como algo negativo, sino todo lo contrario. Desde fuera, es fácil creer que Apurva y sus ejecutivos actuaron de mala fe no informando del uso y las capacidades de su tecnología.

Sarah hace una pausa para dar un sorbo al vaso de agua que tiene delante antes de continuar. Y esta vez sí que me dirige la mirada.

—Apurva no es un gigante tecnológico al estilo de Google o Facebook —prosigue—. Es cierto que es una empresa de éxito, pero su motivación siempre ha sido aumentar la seguridad de las personas más vulnerables. De hecho, la app nació como una forma de mantener a salvo a las mujeres. Por otro lado, es una empresa que ha creado un ambiente de trabajo inclusivo y estimulador para sus empleados. En cuanto a no informar a la Comisión de valores, desconozco los motivos, pero tiene cierto sentido si tenemos en cuenta que es una tecnología experimental y tan solo se pretendía ayudar a resolver un crimen.

Sarah hace una nueva pausa y casi puedo ver un esbozo de sonrisa en su boca.

—Me gustaría solicitar que la SEC tenga en cuenta a las personas que se ganan la vida en Apurva a la hora de tomar una decisión. Son hombres y mujeres con una familia, han dedicado innumerables horas de trabajo a desarrollar una tecnología que aumente la seguridad de los individuos. Quizá se pueda discutir que sacrifica la libertad en aras de la seguridad o que, en ciertos casos, podría utilizarse en contra de los ciudadanos, pero eso no ha ocurrido. Han sido mis investigaciones las que sacaron a la luz ciertas irregularidades, pero fue esa misma investigación la que me ha llevado a conocer el verdadero carácter de Hailey Parker como una mujer que se preocupa por mejorar la vida de los demás —concluye.

Atónita, observo en silencio cómo Sarah se levanta de la silla antes de asentir en dirección al tribunal y abandonar la sala, sin establecer contacto visual conmigo.

—Solicito un receso para ir al servicio —suelto antes de que nadie tenga la oportunidad de tomar la palabra.

El presidente del tribunal me hace una seña con la mano, indicando que puedo abandonar la sala. Salgo corriendo de ella, ante el asombro de los allí presentes, que seguramente piensan que tengo una urgencia que no puede esperar.

—¡Sarah, espera! —grito mientras bajo corriendo las escaleras del edificio.

Se detiene y se gira para mirarme. En pie, a unos metros de ella, observo que está llorando.

—Muchas gracias —susurro llevándome una mano al corazón.

Sarah asiente lentamente con la cabeza y sonríe, pero lo hace con tristeza.

Capítulo 24

Sarah

El ventilador gira sobre mí en el techo mientras permanezco tumbada en la soledad de mi dormitorio, incapaz de escapar de mis propios pensamientos. Mi cuerpo se siente pesado, como si el arrepentimiento y la angustia se hubiesen colado dentro de mí, anclándome al colchón.

En mi mente, repito una y otra vez la expresión del rostro de Hailey en aquel café. El dolor, la ira, aquella tácita despedida para siempre. La decepción en su mirada cuando le confesé que yo había escrito el artículo. Era evidente, hasta estaba firmado con mi nombre, pero Hailey quiso creer hasta el último momento que no era así. Se negó a ver la realidad. Ahora, tan solo el vacío resuena en el espacio donde solía estar su risa.

Una solitaria lágrima resbala por mi mejilla, y su rastro salado enciende una llamarada de odio hacia mi estupidez. Si tan solo pudiera volver atrás, si fuese capaz de enmendar mi terrible error. En su lugar, el tiempo avanza y la vida se escurre entre mis dedos como los granos de arena. Todo se desmorona a mi alrededor.

La jornada llega a su fin, y los demonios internos que me atormentan cada día regresan a darse un festín con lo poco que queda de mí. Sus susurros resuenan como un eco en mi cabeza: estúpida, lo has estropeado todo.

De pronto, el débil resplandor del teléfono móvil llama mi atención. Con la respiración contenida, observo el nombre de Hailey en la pantalla y mi corazón se salta varios latidos. Una sola palabra.

Hailey: ¿café?

Yo: ¿dónde?

Hailey: donde quieras menos en el café de la avenida Madison con la setenta y dos. Quizá no me dejen entrar después de los gritos de la última vez.

Yo: ¿qué te parece el que está en la Quinta avenida con la setenta y nueve? Queda cerca de tu casa.

Hailey: perfecto. Llámame cuando termines de trabajar.

Yo: no tengo trabajo.

Los tres puntos de la respuesta se hacen eternos.

Hailey: pensé que te ascenderían.

Yo: es una larga historia. Nos vemos en media hora?

Hailey: allí estaré.

Abrazo el teléfono contra mi pecho como una adolescente que acaba de recibir su primer mensaje de amor. De un plumazo, la oscuridad retrocede, mis demonios internos se esfuman y mi corazón late con tanta fuerza que parece querer salirse del pecho.

Me visto con prisa y al llegar al café, la veo sentada en una mesa junto a la ventana. Al verme, hace ademán de levantarse, pero antes de que pueda hacerlo, me acerco a ella, rodeo su cuello y le planto un beso como si fuese lo más natural del mundo. Es solo cuando me percato de que sus labios continúan cerrados cuando soy consciente de lo que acabo de hacer.

—Joder, lo siento mucho, Hailey —me disculpo, llevándome una mano a la boca.

—Teniendo en cuenta el nivel al que me tienes acostumbrada, ha sido una mierda de beso, pero tampoco es para pedir disculpas —bromea con una sonrisa.

—¡Qué idiota eres! Ya sabes a lo que me refiero. Ni siquiera me di cuenta de lo que estaba haciendo —reconozco mientras tomo asiento junto a ella.

—No pasa nada.

—Dime, ¿qué tal ha salido lo de la SEC? —pregunto nerviosa.

—Una pequeña multa por no presentar la documentación, pero todo se quedará ahí —confiesa con una ligera sonrisa en los labios.

—Me alegro mucho. Sé que no has tenido problema con el FBI y que el Departamento de defensa os va a controlar a partir de ahora. Así que todo bien, ¿no?

—Bueno, si exceptuamos que la mitad de mi consejo ha ejercido una cláusula por la que tengo que recomprar las acciones y que debemos presentar una OPA de exclusión en bolsa, supongo que sí —apunta encogiéndose de hombros.

—¿Cuánto puedes perder con eso? Ya no trabajo como periodista —me apresuro a decir.

—Las cifras estarán en algún punto entre los doscientos y los doscientos cincuenta millones.

—Joder, Hailey. Me gustaría decirte que te lo compensaré, pero creo que no —admito con la voz entrecortada.

—Sí, nos hemos quedado bastante hundidos en la mierda —reconoce entornando los ojos—. Pero saldré de esta. No es tan fácil acabar conmigo. Debo deshacerme de casi todo el personal. Me quedaré con Karen y con mis programadores más leales y empezaremos casi desde cero.

—Lo siento mucho. No te puedes hacer una idea de cuánto lo siento. Apenas duermo por las noches pensando en el lío en que te he metido.

—Sarah, supongo que era una caja de bombas a punto de explotar. A ti solamente se te cayó la cerilla que prendió la mecha. Luego, saltó por los aires y la mierda nos alcanzó a todos. Si te soy sincera, casi lo prefiero. Lo he hablado con Jules y es como si la vida me diese una segunda oportunidad. Esta vez, espero hacer las cosas mucho mejor. Ganaré menos dinero, pero creo que seré más feliz —expone, cogiendo mi mano entre las suyas y acariciándola con el dedo pulgar—. ¿Qué ocurrió con tu trabajo?

—Lo dejé el mismo día que publicaron el artículo. Lo que te dije en aquel café era cierto. Lo imprimí, pero se me olvidó en la mesa. Un imbécil tropezó, tiró los papeles al suelo y vieron lo que había escrito. Nunca di mi consentimiento, aunque al parecer, cuando me contrataron, firmé una cláusula por la que todo lo que escribiese era propiedad del periódico o algo así —le explico apretando su mano.

—Sí, nosotros también tenemos una parecida para los programadores. Joder, ¿por qué no me lo dijiste aquel día en el café?

—Intenté decírtelo, Hailey, pero no me escuchabas —le explico poniendo los ojos en blanco.

—Cuando me enfado, no escucho —reconoce—. Lo siento. Pero, dime, ¿ahora de qué vives? —pregunta con preocupación, inclinándose hacia mí.

—De mis últimos dólares. La próxima semana me mudo a la casa de mi padre, no puedo seguir pagando el alquiler de mi apartamento.

—Joder —suspira Hailey.

—No pasa nada, son cosas que ocurren. Yo no voy a perder de doscientos a doscientos cincuenta millones.

—Dime una cosa. Lo que has dicho ante la SEC, ¿lo piensas de verdad? —pregunta bajando la voz y clavándome sus hermosos ojos azules.

—Todas y cada una de las palabras. Creo que eres la mujer más fascinante que he conocido. Inteligente, apasionada, preciosa.

—Te olvidas del sexo.

—Y a veces, un poco boba —bromeo—. No me duele haber perdido el trabajo, en el fondo no era feliz. Me duele haberte perdido a ti. Nunca quise hacerte daño, te lo juro. Te quería, te sigo queriendo, aunque entiendo que después de lo ocurrido, no querrás volver a saber nada de mí.

—Es curioso —exclama de pronto Hailey.

—¿Qué es curioso?

—Yo te iba a decir lo mismo. Lo que más me ha dolido no es haber perdido el dinero o la empresa, es haberte perdido a ti.

—Me vas a hacer llorar —susurro limpiándome un par de lágrimas que escapan de mis ojos.

—Si quieres, no hace falta que te mudes a vivir con tu padre. Podrías quedarte en mi casa. Tengo habitaciones de sobra —se apresura a aclarar—. Y solo sería hasta que encuentres otro trabajo, luego tú decides…

—¿Quedaría muy raro si te pido empezar de cero? —pregunto con un largo suspiro.

—Literalmente, además, porque ambas tenemos que salir del barro.

—¡Hola, me llamo Sarah! No soy periodista —bromeo—. Me gustaría invitarte a cenar esta noche.

—Hola, soy Hailey —saluda muerta de risa, extendiendo la mano—. Eres muy lanzada, aunque acepto tu invitación—añade dejando escapar una carcajada.

—Yo pago, yo elijo la cena —le digo encogiéndome de hombros.

Hailey me mira, todavía riéndose, y alza las manos en señal de que no quiere discutir.

Y en este momento, somos solamente Sarah y Hailey. No hay ni rastro de la periodista o de la empresaria. Tan solo somos dos mujeres dispuestas a iniciar una relación en común. Desde cero, sin la carga de lo que ha ocurrido hasta ese momento.

Capítulo 25

Hailey

En cuanto salimos del café, me envuelve la sinfonía de sonido, color y vida de esta ciudad. Llevo años viviendo aquí, pero Nueva York nunca deja de sorprenderme. Las bocinas de los coches, las mareas de gente por la calle, las sirenas. El latido constante de la Gran Manzana acelera mi propio corazón.

En las últimas horas de la tarde, el cielo empieza a teñirse de vetas rosas y naranjas que se proyectan en los ojos de Sarah, dotándolos de un color especial.

—¿Llamo a la limusina?

—No hace falta, vamos muy cerca —susurra besando mi mejilla.

—¿Me vas a decir dónde?

—Si te lo digo, no sería una sorpresa —apunta encogiéndose de hombros—. Solo te diré que hoy vas a comer como comen los neoyorquinos. Nada de sushi, ni escalopines con salsa Gorgonzola o vinos súper caros.

—Ni tú ni yo somos neoyorquinas —bromeo alzando las cejas.

—Tú ya me entiendes.

Adentrarse en Central Park es como transportarse a otro mundo. El caos de la ciudad parece ralentizarse, casi desaparecer, como si te adentrases en la naturaleza sin haberlo hecho.

—Hemos llegado —anuncia Sarah.

—¿Un *food truck*?

—No es un *food truck* cualquiera, aquí sirven los mejores perritos calientes de Nueva York —explica con una sonrisa.

El camión donde preparan los perritos sin duda ha conocido tiempos mejores. Su pintura, quizá antaño orgullosa, se desconcha por los laterales, aunque el olor de los perritos calientes eclipsa cualquier pensamiento.

En cuanto nos unimos a la cola, ese olor me devuelve a mi infancia. Ecos de un tiempo pasado en los que la vida era sencilla, sin preocupaciones, feliz. En los que jugaba con mis padres y hermano antes de que aquel trágico accidente segara sus vidas y cambiase la mía para siempre.

—Dos perritos con todo, por favor —solicita Sarah.

Saco la cartera para pagar, pero me lo impide negando con la cabeza.

—He dicho que hoy invito yo —anuncia muy seria.

Con los perritos en la mano, nos sentamos en un banco vacío bajo un viejo roble que seguramente, estaba ya aquí antes de que Manhattan fuese construido.

Y el sabor de ese primer bocado es sencillamente maravilloso. La acidez de la mostaza, el crujido del chucrut, es una sinfonía de sabores. Cierro los ojos para saborear el momento y, de nuevo, regreso junto a mis padres.

—¿Estás llorando? —pregunta Sarah acariciando mi espalda.

—No pasa nada, es que me recuerda a cuando era una niña —respondo, secando las lágrimas que ruedan por mis mejillas con la manga de la blusa.

—¿Quieres hablar de ello?

—Otro día —susurro—. Hoy quiero ser feliz.

Sarah me pasa el brazo por los hombros y me aprieta contra su cuerpo, limpia delicadamente una mancha de mostaza en mi barbilla y ese simple gesto me hace suspirar.

—¿Qué te parece la cena?

—¿Quieres que sea sincera? —pregunto alzando las cejas.

—Sí —responde tajante—. En esto y en todo. Se acabaron los juegos entre nosotras. Si lo nuestro va a funcionar, no puede haber secretos ni informaciones a medias. Y lo digo también por mí.

—Estoy de acuerdo —admito.

—¿Me vas a decir si te gusta? ¿O te lo estás comiendo solo por quedar bien?

—Es lo mejor que he comido en mucho tiempo —reconozco asintiendo lentamente con la cabeza—. Parece mentira que un simple perrito, sentadas en un banco en medio del parque, pueda ser tan maravilloso.

—Es que te has estado perdiendo muchas cosas.

Sarah se inclina hasta acercarse a mi oído y me susurra:

—Tengo algo más para ti —sus labios me rozan con suavidad haciéndome estremecer.

—Sorpréndeme.

Desvía los ojos en dirección al *food truck*. La imito y descubro una mirada cómplice entre ella y el vendedor de perritos, que ahora camina hacia nosotras. Lleva entre sus manos una botella de algún vino blanco, no alcanzo a distinguir la etiqueta. Hace tan solo unos minutos me había dado la impresión de estar cansado, atendiendo a la gente que hacíamos cola junto a su camión. Ahora camina altivo, casi elegante, con su camiseta blanca, una gorra negra y de fondo la Fuente de Bethesda, el corazón de Central Park.

Una sonrisa se dibuja en mis labios sin que pueda evitarlo. Sarah me guiña un ojo mientras el vendedor llega hasta nuestro banco, inclina la cabeza a modo de saludo y nos muestra la botella:

—Su vino, señorita Davis, un Verdejo de lo más fresquito y unos vasos de plástico como había pedido.

—Muchas gracias, Justin, yo me encargo. Por cierto, los perritos están deliciosos, son los mejores de la ciudad.

—Un placer poder cocinar para personas tan agradecidas —sonríe de oreja a oreja y me doy cuenta de que unas sencillas palabras de reconocimiento pueden cambiar el día a una persona—. Que tengan una bonita tarde y que disfruten del vino —añade.

Sarah me mira divertida, me pide que sujete los vasos y con un simple giro de muñeca abre la botella. No hay nada más práctico que un vino con tapón de rosca. Vierte un poco en los vasos y apoya la botella sobre el banco.

—Permíteme —exclama de manera casi ceremoniosa mientras coge su vaso y fija su mirada en mí—. Ahora haz tan solo lo que haga yo.

—Pues sí que está fresquito, ¿de qué vino se trata? —exclamo siguiéndole el juego.

—Un Verdejo, es un vino de España, de la zona de Rueda. Observa el color amarillo pajizo muy pálido, con reflejos verdosos. Estos vasos transparentes dejan apreciar su brillo —informa levantando ligeramente su brazo izquierdo—. Puedes verlo con más nitidez si pones el vaso un poco inclinado sobre la manga de mi blusa blanca.

Alzo las cejas sorprendida por sus explicaciones. Esto sí que no me lo esperaba.

—Ahora, acércalo hasta tu nariz y dime a que te huele —ordena y hasta da la sensación de saber de lo que habla.

—Ummm... pues igual te parece raro, pero me huele a hierba recién cortada. A cuando cortan el césped y queda ese olor flotando en el aire durante horas —le explico.

—Es por su carácter marcadamente herbáceo, incluso tiene cierto toque a rama de tomate.

—Pues ahora que lo dices... ¡Sarah, creo que me estás sugestionando! —reímos sin poder, ni querer evitarlo.

—Y tanto, ¿cuándo has olido tú una rama de tomate?

—Quiero probarlo, me tienes impaciente.

—Vamos a ello, vas a saborear un vino intenso y afrutado, con una acidez suave y un final ligeramente amargo —anuncia.

Sarah introduce en su boca un pequeño sorbo, antes de bebérselo, lo mueve como si se estuviera enjuagando los dientes. No puedo evitar reírme y ella, contagiada por mi risa, casi me ducha de Verdejo en pleno Central Park.

—Hailey, esto no es tan fácil como me explicaste con el Vega Sicilia en nuestra primera cena, y eso que me he visto un video de YouTube miles de veces y parecía sencillo —protesta muerta de risa.

—Un Vega Sicilia puede valer miles de euros, pero un momento como este no tiene precio. No puede comprarse con dinero —confieso mientras nos besamos, y reconozco que no hay mejor manera de saborear un Verdejo que en sus labios.

Y mientras paseamos de la mano por un sinuoso sendero y una brisa cálida transporta los olores de la hierba y las flores, empiezo a estar convencida de que toda mi vida he buscado la felicidad en el sitio equivocado.

El horizonte de la ciudad se refleja en la superficie de uno de los lagos, los altísimos rascacielos se tiñen del llameante color de las nubes y crean un ambiente de pura magia.

—Es precioso, ¿verdad? —susurra a mi oído antes de besarme en el cuello.

—Lo es —admito apretando su mano.

—Esto no lo puedes comprar con dinero. Además, lo tienes literalmente frente a tu casa y apuesto a que nunca lo has disfrutado.

—Creo que la compañía hace mucho —reconozco, cerrando los ojos con una sonrisa boba en los labios.

—Será nuestra nueva rutina. Un día a la semana te invitaré a cenar un perrito en el Central Park y veremos la puesta de sol cogidas de la mano. ¿Qué te parece?

Tras decir esas palabras, acuna mi rostro entre sus manos, acariciando mis pómulos con los pulgares. Apoya su frente en la mía y susurra un "te quiero" que en este momento me parecen las dos palabras más maravillosas del universo.

—¿Sabes otra ventaja de tener tu casa al lado? Que podemos llegar en unos minutos porque ahora mismo necesito hacerte el amor —suspira tirando de mi mano y haciéndome temblar.

Epílogo

Sarah — Un año más tarde.

El otoño en Vermont tiñe las hojas de los árboles con preciosos tonos rojos y dorados que se reflejan en la superficie del lago. Sentada junto a Hailey en un viejo muelle de madera, con nuestros dedos entrelazados, parece que el tiempo se ha detenido a nuestro alrededor.

Hailey aprieta mi mano y me sonríe. Una sonrisa que parece contener la promesa de un futuro feliz a su lado.

—¿En qué piensas? —pregunta, apoyando la cabeza en mi hombro.

—En esta tarde. Estoy muy nerviosa —admito.

Hailey se deja caer hasta apoyar la cabeza en mi muslo y se agarra a mi pierna como si fuese una almohada. A veces me sorprende lo mimosa que puede llegar a ser a pesar de dar la imagen de mujer fría y huraña.

Los rayos de sol calientan nuestra espalda mientras una bandada de gansos vuela en el cielo y soy tan feliz, que ni siquiera existen las palabras adecuadas para expresarlo.

—Hola, tortolitas —saluda Jules, acercándose a nosotras.

Entre ella y Kate han trabajado muy duro para que todo esté preparado y comienzo a pensar que Hailey no podía haber elegido un lugar mejor.

—¿Te acuerdas de la primera vez que te hablé de este hotel, Hailey? —pregunta Jules, sentándose junto a nosotras.

Hailey levanta ligeramente la cabeza, pero vuelve a apoyarla en mi pierna para que le siga acariciando el pelo.

—Íbamos a cambiar el mundo tú y yo —suspira—. En lugar de eso, Kate y Sarah nos han cambiado a nosotras.

Luego sonríe, se incorpora ligeramente y acerca sus labios a los míos para darme un rápido beso ante la sonrisa cómplice de Jules.

***

Unos cuantos amigos íntimos se sientan en sillas plegables, perfectamente engalanadas para la ocasión. Tiemblo al coger la mano de Hailey, su suave piel ahora tan familiar que mi cuerpo la echa de menos cuando no está.

Hemos elegido vestidos sencillos de color marfil, sin nada que eclipse nuestro amor.

—Respira, Hailey —le recuerdo mientras nos acercamos a la tarima.

—La pancarta arcoíris te ha quedado muy bien. Estaba un poco preocupada con la decoración, ahora que conozco tu lado cursi gracias al libro que estás escribiendo —bromea.

Cierro los ojos y sonrío meneando la cabeza. Tras dejar el periódico, Hailey me animó a perseguir mi sueño de ser escritora. El resultado ha sido mejor de lo que jamás hubiese soñado y el próximo mes tendré mi primera firma de libros en Boston.

—Me encanta lo feliz que está tu padre —susurra antes de besar mi mejilla.

Desvío la mirada y le veo en primera fila. Sentado en una silla de ruedas, pero feliz. Sus manos temblorosas limpiando las lágrimas que ruedan por sus mejillas.

Hailey lo niega, pero creo que ha adelantado la boda para que pudiese vivir este momento, para que mi padre sintiese que no estaré sola, que tendré a una persona a mi lado que me quiere y me cuidará siempre.

En la ceremonia se habla de compromiso y paciencia, compasión y confianza. Sólidos cimientos para compartir nuestras vidas mientras los buenos recuerdos de este último año con Hailey resuenan como un eco en mi mente. Las risas de las noches de invierno acurrucadas frente a la chimenea de su casa, sus caricias y besos cada vez que me pongo triste al pensar que la vida de mi padre se apaga, las noches de pasión que aún nos roban el aliento.

Me sonríe y aprieta mi mano y cuando me preguntan si deseo recibir a Hailey como esposa, para vivir juntas en matrimonio, para amarla y cuidarla el tiempo que duren nuestras vidas, un sonoro "sí, quiero" se escapa de mis labios.

Otros libros de la autora

Tienes los enlaces a todos mis libros actualizados en mi página de Amazon.

Si te ha gustado este libro, seguramente te gustarán también los siguientes: (Y por favor, no te olvides de dejar una reseña en Amazon o en Goodreads. No te lleva tiempo y ayuda a que otras personas puedan encontrar mis libros).

"Tie Break"

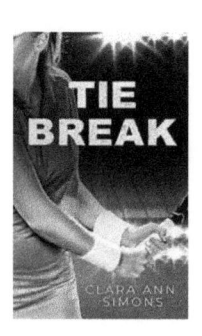

"El café de las segundas oportunidades"

"Sueños rotos"

"La escritora"

Serie Hospital Collins Memorial. Libros autoconclusivos que comparten hospital y varios de los personajes.

"Doctora Park"

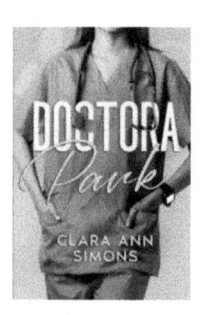

"A corazón abierto"

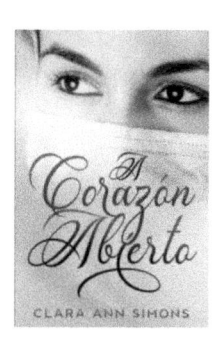

"Doctora Wilson"

"Nashville"